BILAC VÊ ESTRELAS

RUY CASTRO

BILAC VÊ ESTRELAS
Romance

2ª edição
3ª reimpressão

COMPANHIA DAS LETRAS

Copyright © 2000 by Ruy Castro

Grafia atualizada segundo o Acordo Ortográfico da Língua Portuguesa de 1990, que entrou em vigor no Brasil em 2009.

Ilustração de capa
Paulo Humberto Ludovico de Almeida

Revisão
Beatriz de Freitas Moreira
Cláudia Cantarin

Atualização ortográfica
Página Viva

O autor agradece a Adriana Freire, Antonio Roberto Arruda, Fernando Pessoa Ferreira, Flamínio Lobo, Janio de Freitas, Neiva e Peter Dullius, e Samuel Gorberg por material, informações e palpites.

Dados Internacionais de Catalogação na Publicação (CIP)
(Câmara Brasileira do Livro, SP, Brasil)

Castro, Ruy, 1948-
  Bilac vê estrelas / Ruy Castro. — São Paulo : Companhia das
Letras, 2000 2ª edição

  ISBN 978-85-359-0082-8

  1. Ficção policial e de mistério (Literatura brasileira) I. Título.

00-4845   CDD-869.93

Índice para catálogo sistemático:
1. Ficção policial e de mistério : Literatura brasileira 869.93

[2017]
Todos os direitos desta edição reservados à
EDITORA SCHWARCZ S.A.
Rua Bandeira Paulista 702 cj. 32
04532-002 — São Paulo — SP
Telefone (11) 3707-3500
www.companhiadasletras.com.br
www.blogdacompanhia.com.br
facebook.com/companhiadasletras
instagram.com/companhiadasletras
twitter.com/cialetras

1

Saçaricando na porta da Colombo, Olavo Bilac era um assombro. Viúvas, brotinhos e madames passavam pela famosa confeitaria da rua Gonçalves Dias lambendo-o com o rabo dos olhos. Não que Bilac fosse irrestritamente lambível. Podia ser alto, esbelto, elegante e o poeta mais querido do Brasil, mas era vesgo. Os amigos fingiam que não notavam, mas quando Bilac olhava de frente para eles, era como se com o olho esquerdo estivesse fritando o peixe e com o direito olhando o gato. Tentando disfarçar o estrabismo, Bilac decidiu passar o resto da vida de perfil. Logo concluiu que era uma falsa boa ideia: enquanto seu tronco ficava de frente, o rosto parecia estar posando para uma efígie, o que lhe provocava torcicolo. Então Bilac adotou o *pince-nez*, com o que camuflou a vesguice e voltou a encarar as pessoas, embora um monóculo estivesse mais de acordo com as últimas correntes literárias em Paris.

Mas não era pelos olhos de Bilac que, com fremente trepidação nas garupas, as cariocas de 1903 passavam pela porta da Colombo, todos os dias, entre quatro e cinco da tarde. Era na esperança de que, ao vê-lo conversando com os amigos na calçada da confeitaria, ele citasse casualmente uma das joias do seu repertório poético. Algo assim como o "Ora (direis) ouvir estrelas!". Ouvir Bilac em pessoa recitando alguns de seus versos de vinte e quatro quilates, mesmo enquanto mastigava um croquete de siri, devia ser até melhor do que ouvir as estrelas propriamente ditas.

Infelizmente, ele nunca lhes deu essa satisfação. Na verdade, Bilac detestava ser citado como "o poeta do 'ouvir estrelas'" e só declamava seu famoso soneto em público sob a ameaça de bengaladas. As senhorinhas que captavam suas frases na Colombo chocavam-se ao descobrir que Bilac só parecia falar de esgotos, ratos, mosquitos, piolhos, peste bubônica e febre amarela. Mas, em maio daquele ano, as pessoas não queriam falar de outro assunto: o Rio tinha um novo prefeito, Pereira Passos, que estava promovendo uma faxina na cidade, pondo abaixo ruas inteiras e abrindo buracos por toda parte.

Por aqueles dias mesmo, na ânsia de ver Bilac, uma senhora distraíra-se e caíra dentro de uma vala da prefeitura, bem diante da porta da Colombo. O buraco fora aberto, a obra ficara pronta e o prefeito ainda não se lembrara de tapá-lo. Os boêmios da Colombo já eram íntimos do buraco e, mesmo assim, houve um, o cronista Rocha Alazão, que, desbussolado pelos conhaques e cervejas, tropeçou no bigode e caiu emborcado dentro dele. Alguém afixou uma placa onde se lia CUIDADO COM O BURACO. Mas o poeta Bastos Tigre, grande pândego (e, ele também, detentor de um dos mais enfáticos bigodes da República), achou que não era suficiente: comprou um coqueiro de porte médio e plantou-o no buraco. Meses depois, o coqueiro já estava crescido e ameaçando dar os primeiros cocos e nada de o buraco ser tapado.

Mesmerizada pela presença de Bilac na calçada da confeitaria, a dita senhora ignorou os avisos de cuidado e carambolou buraco abaixo. Sucedeu-se um compreensível alarido e, minutos depois, içada a custo por cinco ou seis bebuns, ela confessou que a admiração pelo poeta fora a causa de seu infortúnio. Bilac, atenciosíssimo, mandou vir da Colombo um copo d'água e ainda lhe ofereceu seu autógrafo num cartão. Engolfada pela emoção, a matrona engasgou com a água e quase caiu de costas para dentro do buraco de novo.

Tudo isso devia ser envaidecedor, mas Bilac estava habituado à glória. Aos trinta e oito anos, já era um mito, uma lenda, um monumento nacional. Seus poemas, publicados em jornais, revistas e livros, eram lidos e decorados por milhares. Como cronista, era o sucessor de Machado de Assis na *Gazeta de Notícias*, indicado pelo próprio mestre. Como autor de quadrinhas para reclames de gotas para calos ou outros produtos, ele fazia o preço: 30 mil réis por quadrinha; se a quisessem assinada, 300 mil réis; e, por 600 mil réis, talvez ele fosse aplicar a domicílio as gotas nos clientes.

Mas, por mais amado e aclamado, Bilac não era um esnobe que flanasse entre nuvens. Todas as tardes, falante e catita, punha-se em exposição na Colombo ao alcance de um dedo de prosa, de pedidos de autógrafos e até de "mordidas", ou seja, pedidos de empréstimo. E, para onde apontasse o nariz, levava um séquito de colegas, amigos e admiradores.

Algum tempo antes, por exemplo, ele mudara sem querer o eixo boêmio do Rio. Até então, como todo mundo, Bilac frequentava a Paschoal, a linda confeitaria da rua do Ouvidor, invejada pelas concorrentes por seu empadário com tampo de cristal. Mas, por um desentendimento com o gerente sobre o recheio das empadas, Bilac saiu tiririca, dando bananas para o empadário e anunciando que nunca mais poria os pés no estabelecimento. Deixando um rastro de poeira, caminhou cinquenta passos, dobrou a esquina em direção à rua Gonçalves Dias e aboletou-se na recém-inaugurada Colombo, do português Lebrão. Atrás dele, de copo na mão e em coluna por um, vieram Aluísio Azevedo, Coelho Neto, Pardal Mallet, Paula Ney, Valentim Magalhães, Emílio de Menezes e outros jornalistas, poetas e boêmios. Ali começava a morrer a saga da Paschoal — e a nascer a da Colombo.

Bilac aproveitou-se de que, àquela hora da tarde, seus amigos ainda não tinham ido fazer-lhe companhia na calçada da Colombo e tirou do bolso um vasto lenço estampado de flores azuis para limpar as lentes do *pince--nez*. Mesmo não havendo nenhum conhecido nas proximidades, tomou o cuidado de pôr-se de perfil enquanto executava a operação. Era um gesto inocente e automático, que repetia até quando estava sozinho em casa. Por essas e por outras é que havia quem o achasse vaidoso. Bilac devolveu o *pince-nez* ao nariz e o lenço à manga do casaco pensando em como era injusta aquela acusação. Ao contrário, pela adulação de que era alvo, julgava-se até modesto. É verdade que, às vezes, tinha a impressão de que, com o poder que adquirira como poeta, podia fazer qualquer coisa e sair ileso, assobiando.

No começo daquele ano de 1903, tivera uma prova disso: fora a primeira pessoa no Brasil a provocar um acidente de automóvel — e não levara sequer uma multa, um pito da autoridade. O pior é que o carro nem era dele, mas de seu mentor e ex-patrão no jornal *Cidade do Rio*, José do Patrocínio.

12

Ah... Patrocínio! Só de pensar no amigo, os olhos de Bilac enchiam-se de lágrimas e o obrigavam a aplicar de novo o lenço de florões no *pince-nez*. Naquele momento o prestígio de Patrocínio estava em baixa, mas no tempo da Monarquia ele fora "O tigre da Abolição", o jornalista e tribuno mais aclamado do país. Fraques e cartolas oficiais gelavam quando ele invadia um recinto cheio de figurões e bradava: "Eu não peço a palavra. Eu tomo a palavra! Tenho esse direito!" — e fazia um inflamado discurso pela libertação dos escravos. O crítico Araripe Júnior o chamara de "tumulto feito homem", embora fora das batalhas Patrocínio fosse uma dama, um tico-tico, uma açucena.

Bilac se lembrava muito bem: Patrocínio era tão respeitado que lhe bastava chegar à sacada da redação do *Cidade do Rio*, na rua do Ouvidor, e pigarrear. Em trinta segundos, multidões se aglomeravam para ouvi-lo. Fazendo das palavras faíscas, descrevia um futuro em que os negros como ele seriam tão livres quanto os brancos e, juntos, construiriam a República brasileira. Mas então, em maio de 1888, a princesa Isabel libertou os escravos e Patrocínio ficou-lhe tão grato que foi a palácio e ajoelhou-se aos seus pés. A partir dali, seu coração dividiu-se entre a princesa imperial e o ideal republicano — e foi esse o problema.

Os colegas de tribuna passaram a olhá-lo torto, como se ele fosse um traidor. Na manhã do dia 15 de novembro de 1889, com a República afinal proclamada sem que ele tivesse tomado parte na conspiração, Patrocínio sentiu-se na obrigação de provar que nunca mudara de lado. Foi à sacada de seu jornal, hasteou a bandeira republicana, puxou "A marselhesa" e, ali encarapitado, regeu um coro de milhares. Depois saiu às ruas, seguido pela massa que cantava com ele o alonzanfan.

Em 1903, no entanto, tudo isso já fazia parte do passado. O futuro chegara e, agora, estávamos no século xx. Cantar "A marselhesa" em sacadas tornara-se *demodé* e qualquer regata em Botafogo ou no Flamengo parecia mais importante do que os destinos da República. De "O tigre da Abolição", Patrocínio fora reduzido à alcunha nada lisonjeira de "Zé do Pato". Sem muito assunto para seu jornal, este acabara fechando. Desde então, Patrocínio afastara-se da rua do Ouvidor e só às vezes zanzava pelos cafés com seu jeito gingado de andar, tomando uns copos. Não se sabia como, havia alguns meses, no Natal de 1902, dera um pulo até Paris. Na volta, trouxera um carro.

Era o primeiro automóvel do Rio — um Peugeot preto que soltava os traques mais explosivos e constrangedores. Desembaraçado o carro no cais do porto, Patrocínio girou a manivela e entrou nele, de quepe e guarda-pó, sob aplausos e apupos da multidão. À custa de vários desmaios e mortes do motor, atravessou a rua Primeiro de Março a dez quilômetros por hora e conseguiu levar a furreca até sua casa, no Engenho de Dentro. Dias depois, convidou Bilac a dar uma volta. E este, peralta como ele só, também quis dirigir a geringonça.

O próprio Patrocínio mal sabia fazer o carro andar em linha reta, mas achava-se com ciência para instruir Bilac. Os dois passaram por cima um do outro no assento e trocaram de lugar. Patrocínio mostrou-lhe como dar a partida e Bilac, sem controle dos pés e das mãos, pisou na tábua até o fundo, com o ímpeto de quem esmaga uma lacraia. O carro soltou dois ou três puns ribombantes, disparou em zigue-zague pela até então pacata ruela suburbana e, cem metros depois, achatou-se contra a única árvore à vista. Por milagre, nenhum dos dois se machucou. Só o carro levou a breca.

Se Patrocínio se aborreceu com Bilac por este lhe ter escangalhado o carro, não passou recibo. Quanto a Bilac, exibindo um galo na testa, adorou acrescentar o caso a sua mitologia particular e contou-o dezenas de vezes na Colombo. Na sua versão, a árvore que transformara o carro em sanfona brotara de repente do chão, germinada num átimo por Zeus, para impedir que ele, o Aquiles do volante, vencesse os deuses em velocidade. Mas, dizia Bilac, os deuses estavam com os dias contados: os automóveis eram os Pégasos modernos e um dia seria possível a qualquer um ir ao Olimpo de manhã e voltar ao Rio a tempo de pegar o fim de tarde na Colombo. E quando isso acontecesse, todos se lembrariam: o primeiro acidente automobilístico no Brasil fora provocado por um poeta.

Bilac ria sozinho ao se lembrar da história. Ela vinha enriquecer sua teoria de que os poetas não eram seres etéreos, desligados do mundo, mas homens de carne e osso, capazes de covardia ou bravura conforme o caso. O que lhe trouxe à memória seu inacreditável duelo com Pardal Mallet em 1889, um ou dois meses antes da proclamação da República.

Não fora um duelo de *mots d'esprit*, nem de rimas nem de copos, como era comum — mas um duelo para valer, a espadas, que terminara em sangue. E olhe que Bilac e Pardal eram amigos do peito, colegas de redação, passavam dia e noite juntos rindo na Ouvidor. O motivo, aliás, fora o *Cidade do Rio*. Pardal Mallet deixara o jornal de Patrocínio para fundar o seu próprio jornal, *A Rua*, e levara Bilac consigo. Mas Bilac não conseguia ficar muito tempo longe de Patrocínio, sua maior admiração. Logo voltou para o *Cidade do Rio* e, o que é pior, rebocou os colegas que tinham ido com ele. *A Rua* fechou.

Na Paschoal, que eles ainda frequentavam, Pardal culpou Bilac pelo fracasso de sua folha. Os dois discutiram e se mimosearam com expletivos:

"Suja-laudas!", vociferou Pardal.

"Troca-tintas!", invectivou Bilac.

"Pelintra!", bramiu Pardal.

"Biltre!", berrou Bilac.

"Caolho!", rugiu Pardal.

"Cínico! Patife! Torpe! Vil! Embusteiro! Não sei onde estou que lhe não parto a cara!", ejaculou Bilac.

Espelhos tremeram, os pingentes dos lustres repicaram e temeu-se pela sorte do célebre empadário. Dois ou três amigos acudiram com os panos quentes. Bilac pôs-se de perfil e foi taxativo:

"Não tenho prateleira para guardar insultos!"

Se houvesse ali um bate-barbas, Bilac levaria a

pior, por não usar barbas, ao passo que Pardal cultivava um belo cavanhaque louro. E uma briga a bengalas, com as maçarandubas de castão de chumbo, estava fora de questão entre dois homens que, minutos antes, amavam-se como irmãos. Então Bilac e Pardal tiraram as luvas, esbofetearam-se mutuamente e levaram a querela para o campo de honra.

Os padrinhos foram escolhidos e marcada a data do duelo. Mas a informação vazou pelos cafés, e a polícia, a quem cabia reprimir duelos, ficou de olho. Por duas vezes o combate teve de ser adiado, o que provocou chistes e chacotas entre seus colegas na Ouvidor — ninguém acreditava que os dois jornalistas, um deles poeta, adeptos da pena e não da espada, fossem bater-se de verdade. Houve quem sugerisse que, em vez de espadas, eles iriam duelar a guarda-chuvas. Para evitar a desmoralização, Bilac e Pardal resolveram então bater-se sem testemunhas, entre quatro paredes, e lavrar uma ata assinada por ambos, dando conta do que acontecera. Dias depois, deu-se o duelo.

Protegidos pela madrugada, cada qual no seu tílburi, os dois tomaram o rumo da Lapa, para a casa de um amigo na rua do Riachuelo. Como combinado, o amigo os recebeu e saiu em busca de um médico, com instruções de ficar à espera na rua e só entrar quando fosse chamado. O duelo seria ao primeiro sangue — ou seja, até que um dos dois fosse ferido.

Bilac e Pardal trancaram-se por dentro, mas, como homens civilizados, não partiram logo para a refrega. Primeiro depuseram os chapéus e as bengalas, sentaram-se nas poltronas de couro e, entre os vermutes e cigarros do anfitrião, relembraram sua amizade e falaram do tempo privilegiado em que viviam. Tempo em que os ricos mil-réis que ganhavam com poemas e artigos eram gastos sem a menor cerimônia nos cafés, nos chapeleiros e nas camisarias — porque no dia seguinte sempre haveria um novo soneto para escrever, um assunto para comentar, uma causa para defender. Eles e seus colegas de boemia, de jornal e de literatura, liderados por Patrocínio, eram os senhores do Rio. Os restaurantes os recebiam com espalhafato, sua presença era uma honra aonde quer que fossem — uma frase de um deles valia um almoço, um soneto pagava um banquete para seis ou oito. E, em último caso, podiam fiar a perder de vista. "Estás a ver?", Bilac e Pardal se diziam. O Rio era adorável; os dias, azuis; as noites, estreladas; e eles, jovens, bonitos e imortais. Não, a vida é que era adorável, concluíram. E agora iam apostá-la num estúpido duelo, do qual um deles se arriscava a sair morto. Mas não tinham alternativa.

Sem outra palavra, resignados e já com saudades de si mesmos, despiram os casacos, coletes, gravatas, colarinhos, punhos e camisas. De peito nu e calças presas pelos suspensórios, fecharam as cortinas, afastaram os móveis e escolheram os floretes. Cumprimentaram-se tristes e sem se olhar. Deram dois passos para trás, brandiram as lâminas e avançaram.

Mas nenhum dos dois era d'Artagnan. O Rio também não era Paris e a chué rua do Riachuelo não era o Jardim do Luxemburgo. Na verdade, à luz do gás que ampliava suas sombras, o maior risco era o de um daqueles espadachins de araque furar o olho ou o baço do outro sem querer. Por sorte, o combate durou apenas quatro segundos.

No primeiro bote de Bilac, Pardal esqueceu-se de saltar de lado e a espada do poeta atingiu-o de raspão, sob a última costela. Pálido de espanto, Bilac viu sangue no amigo. Atirou longe o florete e partiu aos prantos para socorrê-lo. Pardal deixou-se abraçar, beijar e ensopar-se pelas lágrimas do poeta. Bilac carregou-o nos braços, depositou-o no sofá e correu para a rua, despenteado e seminu, clamando pelo dono da casa e pelo médico. Não um, mas três médicos estavam de prontidão com o amigo, na calçada da rua do Riachuelo. Um deles tratou do ferimento de Pardal, o que lhe tomou apenas alguns segundos, e cuidou de acalmar Bilac, o que lhe tomou muito mais tempo. Os outros dois lavraram um atestado certificando que o sr. Pardal Mallet fora ferido em duelo pelo sr. Olavo Bilac e que, com isso, estavam ambos desagravados e podiam voltar a ser amigos.

Com o dia quase amanhecendo, Bilac e Pardal saíram abraçados e felizes pela rua rumo ao Largo da Carioca, flertando com as últimas estrelas e chutando cambucás podres pelo caminho. De repente, o Rio *era* Paris e eles, dois bravos mosqueteiros de Dumas *père*. Sim, a vida é que era adorável.

Mas aquele duelo, *hélas*, também acontecera quatorze anos antes. Desde então, muita coisa se passara na vida de todos eles.

Bilac sabia muito bem. Ali, de pé, na porta da Colombo, ele era um dos últimos sobreviventes da boemia literária. No interregno, três pragas — o emprego, o casamento e a morte — tinham feito uma devastação no seu círculo de amigos. Aluísio Azevedo, por exemplo, entrara para a vida diplomática, fora ser cônsul na Europa e dera as costas ao Rio. O travesso Coelho Neto se casara, tivera filhos e trocara as polainas pelos chinelos — nunca mais saíra à rua, muito menos à noite. O ardente Raul Pompeia se matara. A tuberculose levara Valentim Magalhães, Pardal Mallet e o maravilhoso Paula Ney. Amigos tão queridos e, agora, tão cadáveres, inclusive os vivos.

Emocionado por essas lembranças, Bilac deu dois suspiros e entrou sozinho na Colombo. Sentou-se à mesa costumeira, perto da porta, e pediu ao garçom: "Café com conhaque. Sem café."

Aquele coquetel maroto tinha sido inventado por Paula Ney. Ao pedi-lo, Bilac sentia-se homenageando o amigo, já que não podia escrever um ensaio erudito sobre sua obra. E por que não podia? Porque Paula Ney fora um escritor que nunca pusera uma palavra no papel. Sua *œuvre*, como ele a chamava, estava nas frases de espírito que disparava na Ouvidor — mas que, por serem de espírito, eram gasosas, fugazes, volatilizavam-se nas esquinas e ninguém se preocupara em anotá-las.

Paula Ney morrera havia cinco anos e, exceto Bilac e Patrocínio, ninguém mais parecia lembrar-se dele. Bolas, pensou Bilac, de que adiantava viver, se a posteridade não tomasse conhecimento? Ele pelo menos tinha uma obra: seus poemas continuariam a ser lidos séculos afora. E o que o futuro diria de, exatamente, Patrocínio? Sua obra era sua coragem, sua luta, seu amor pelo Brasil — mas, para que a esquecessem, ele nem precisava morrer. Já estava acontecendo com ele vivo.

E, então, naquele preciso momento, como só acontece nos romances, Bilac foi acordado de suas reflexões por um pequeno jornaleiro que entrou na Colombo gritando a manchete de *O Paiz*:

"EXTRA! MORTE EM PAQUETÁ! CADÁVER ENCONTRADO NA PRAIA PODE SER JOSÉ DO PATROCÍNIO!"

2

Bilac deu um salto da cadeira. Arrancou o jornal da mão do moleque e, entre gulps de angústia, tentou ler a notícia. A emoção o tornava mais zarolho do que nunca e as palavras se embaralhavam à sua vista. Mas, pelo que conseguia entender, o corpo de um homem negro fora encontrado na ilha de Paquetá havia poucas horas. O negro estava nu dos pés à cabeça. Aliás, dos pés ao pescoço, porque não tinha cabeça, a qual parecia ter sido cortada com um machado. Por falta de bolsos, não se encontrou nenhum documento. Um pescador disse ter visto por ali, tempos antes, um homem com a mesma altura e aspecto físico do cadáver: o jornalista José do Patrocínio. O defunto já estava no Serviço Médico-Legal, na Lapa, esperando reconhecimento.

Bilac ficou atônito. De fato, não via o amigo havia semanas. Desde que voltara da Europa, Patrocínio só de vez em quando fazia a ronda das mesas de Ouvidor com Gonçalves Dias. Demorava-se pouco, o tempo suficiente para tomar um parati no Café Papagaio, outro no Café do Rio, e mal dava ares na Colombo. Depois, entregava sua coluna semanal n'*A Notícia*, última tribuna que lhe restara, e pegava o trem de volta para o Engenho de Dentro. Bilac nunca soubera que tivesse assuntos a tratar em Paquetá.

Dobrou o jornal e saiu correndo. Pegou um tílburi na praça Tiradentes e mandou chispar para a rua da Relação. Pelo que lera no jornal, a polícia carioca estava adotando métodos ingleses para identificação de corpos — tirando impressões digitais, fazendo exames toxicológicos e realizando autópsias que não deixavam uma víscera impune. Mesmo com a cabeça faltando, haveria maneiras de identificar o morto.

Bilac entrou no Médico-Legal. Disse seu nome para o atendente e perguntou pelo cadáver. O rapaz sentiu as pernas bambas ao reconhecer o poeta e o encaminhou a uma sala azulejada, onde o corpo coberto por um lençol jazia sobre a mesa de tampo de mármore. Com a cabeça enfiada sob o lençol, um homem parecia estudar atentamente o cadáver. Era o chefe de polícia Severo Pinto, recém-empossado, e que, na possibilidade de o defunto ser o grande José do Patrocínio, resolvera tratar do caso em pessoa.

Quando o homem tirou a cabeça de sob o lençol, Bilac observou que, como ele, o policial também usava *pince-nez* — só que, para sua surpresa, o *pince-nez* tinha lentes escuras. Era uma novidade que ele nunca vira no Rio ou em suas andanças europeias. Estomagado pela possível morte de Patrocínio, Bilac nem se lembrou de perguntar-lhe onde adquirira aquele *pince-nez*, que vedaria tão bem sua vesguice. Já o chefe de polícia desmanchou-se ao apertar a mão do poeta e não vacilou:

"Doutor Bilac, quanta honra. É uma oportunidade rara. Posso chamar minha equipe para ouvi-lo recitar o 'Ouvir estrelas'?"

Bilac, afrontado pela inabilidade do meganha, retirou a mão como se ela segurasse uma jiboia, e disse com firmeza:

"Doutor Pinto, este não é o lugar, nem a hora. Em ocasião mais feliz e em cenário menos lúgubre, terei muito gosto em recitar-lhe meus pobres poemas. Neste momento estou interessado apenas em certificar-me de que o cadáver de Paquetá não é meu querido amigo José do Patrocínio."

"O amigo tem razão", disse Pinto, mocho, recolhendo as orelhas. "Por sinal, já tenho a autópsia em mãos. Aqui está. O desconhecido morreu hoje, por volta de oito da manhã. Não há sinais de violência no corpo, exceto pela cabeça, que está ausente. Ele pode ter sido golpeado e posto inconsciente. Em seguida, deceparam-lhe a cabeça com um machado de açougue. Sabemos disso porque o microscópio acusou vestígios de acém e coxão mole no local do pescoço atingido pela lâmina. A autópsia revelou que o homem sofria de gases, comeu três bolinhos de aipim no café da manhã e tomou dois cálices de licor de jenipapo."

"Estou impressionado com essas minúcias, doutor Pinto", disse Bilac, "mas gostaria de ver o corpo."

Pinto descerrou aos poucos o lençol e expôs o cadáver do negro nu, sem cabeça e com uma grosseira costura no abdômen. Temendo o pior, Bilac correu-lhe os olhos a partir do cotoco do pescoço. Mas, assim que chegou aos baixos meridianos, o rosto de Bilac iluminou-se. Sua voz, que normalmente ostentava a grave riqueza de um oboé, adquiriu o timbre alegre de um flautim:

"Graças! Alvíssaras! Não é Patrocínio!"

O policial tirou o *pince-nez* de lentes escuras, espiou de novo o cadáver e encarou profissionalmente o poeta:

"Como pode ter certeza, doutor Bilac?"

Bilac recompôs-se da súbita alegria:

"Não me pergunte, doutor Pinto. Posso apenas garantir-lhe que conheço José do Patrocínio há vinte anos, e este não é ele."

"Sim, mas como pode ter tanta certeza?", insistiu o — sempre inábil — policial.

"Doutor Pinto, não sejamos inocentes. Ambos frequentamos os urinóis públicos do Rio. Mesmo longe de nossa intenção, é inevitável que observemos a anatomia íntima dos amigos. E garanto-lhe que nem morto Patrocínio corresponde às medidas exíguas deste infeliz senhor."

Severo Pinto, subitamente consciente do próprio nome e talvez de suas medidas, deu-se por satisfeito e prometeu investigar em outra direção. E Bilac, aliviado, tomou o caminho da rua Doutor Bulhões, no distante bairro do Engenho de Dentro, onde morava Patrocínio. Nunca sentira tanto a falta do amigo. Queria vê-lo, apalpá-lo, senti-lo vivo.

Patrocínio estava bem vivo e sacudido. Na verdade, à chegada de Bilac acabava de jantar um caudaloso prato de iscas de fígado fritas em banha de porco por sua mulher, dona Bibi, e acompanhadas de cerveja preta. Ficou surpreso ao saber que fora dado como morto e garantiu não estar em seus planos morrer em futuro próximo. De fato, andara por Paquetá alguns meses antes, por um motivo que, até aquele momento, precisara ficar secreto, razão pela qual não o revelara nem a Bilac. Mas, agora — retumbou —, não havia mais razão para segredos e Bilac deveria ser o primeiro a saber.

Ao ouvir aquilo, Bilac, já com palpitações, emper-

28

tigou-se na cadeira. Tudo o que Patrocínio dizia ou fazia o fascinava. E Patrocínio valorizou aquele momento. Primeiro, com o guardanapo, limpou os bigodes, fio por fio, e a barba, chumaço por chumaço. Depois, com os dedos em pinça, recolheu uma isca de fígado que lhe caíra entre as lapelas do colete. Só então, sem perder o cacoete de orador, declarou:

"Se nossas grandes batalhas foram vitoriosas e meu verbo ficou obsoleto, Olavo, só me resta coroar minha vida com uma façanha que provará definitivamente o gênio do homem brasileiro [pausa]. Estou construindo um balão."

Bilac não percebeu logo do que se tratava. Em sua mente surgiu a imagem de um lindo balão junino, de papel de seda roxo, vermelho e amarelo, uma grande lanterna colorida como as que viajavam pelos céus do Rio nas noites de junho. E, como já estávamos em maio, era bom mesmo começar a pensar no assunto. Bilac escapou por pouco de magoar Patrocínio, porque este continuou:

"O brasileiro não nasceu para rastejar, Olavo. Nasceu para voar e conquistar os ares. Veja a grande proeza de nosso amigo Alberto Santos-Dumont em Paris, com seu imortal aeróstato *N° 6*. Há dois anos ele provou a dirigibilidade dos balões ao decolar de Saint-Cloud, contornar a torre Eiffel a sessenta quilômetros por hora e, no prazo previsto de trinta minutos, pousar no Jardin d'Acclimatation sob os narizes dos juízes franceses e alemães do Aéro-Club. A Europa curvou-se ante o Brasil. Mas ainda resta muita coisa a ser feita com os dirigíveis. E sou eu que a pretendo fazer."

"O quê, Patrocínio?", perguntou Bilac, quase na ponta da cadeira.

Patrocínio alçou a fronte e, como se falasse para um futuro bloco de mármore, enunciou:

"Meu balão, o *Santa Cruz*, voará a noventa quilômetros por hora. Vou fazê-lo também voar à noite. E será resistente e leve o bastante para transportar na barca quantos passageiros eu quiser."

Bilac ouviu aquilo de boca aberta, deixando entrever uma recente restauração a ouro num dos pré-molares. Para ganhar tempo, ameigou por alguns segundos o bigode. Se Patrocínio lhe tivesse dito que Émile Zola ressuscitara e estava vindo ao Rio expressamente para conhecê-lo, não teria ficado mais estupefato. Pela primeira vez, duvidou da saúde mental de seu herói.

Todos sabiam que os balões ainda eram muito perigosos. Dizia-se que, dependendo da altitude e da velocidade, quem estivesse dentro dele teria os órgãos vitais expelidos feito balas pelos orifícios do corpo. E o que Patrocínio entendia de balões? Até aquele dia, nunca subira mais alto do que um terceiro andar. Não era engenheiro nem matemático, nem mesmo mecânico. Não conhecia nada de eletricidade, nem de aerodinâmica, muito menos de aeronáutica. Nunca ouvira falar em química dos gases e não saberia distinguir um barômetro de uma tartaruga. Como podia construir um balão — e, principalmente, um balão tão revolucionário?

Parecendo ler o pensamento de Bilac, que decerto seria o de todos a quem ele viesse a anunciar seus planos, Patrocínio antecipou-se em responder:

"Sei que os céticos não me acreditarão capaz de tal empreitada. Julgam-me ignorante nas questões técnicas. Para eles, sou apenas o homem que lutou por sua raça e, com meu sangue de Otelo, exerci meu ciúme por meu país. Houve quem dissesse que eu deveria ter morrido no dia da Abolição — porque teria sido o coroamento de uma vida triunfal. Ah, ah, ah! [*gargalhadas sarcásticas*] Depois, criticaram-me por minha gratidão à princesa Isabel. Chamaram-me de 'O último negro vendido do Brasil'. Queriam que eu me alinhasse aos escravagistas inconformados que, de repente, começaram a aderir à República achando que ela devolveria os negros aos seus chicotes [*suspiro*]. Mas hoje, passados tantos anos, a Abolição e a República provaram-se sólidas e irreversíveis — e será a elas que dedicarei o meu balão."

"Mas, querido Patrocínio", insistiu Bilac, "quem o ensinou a construir balões?"

Os olhos de Patrocínio pareceram incendiar-se:

"Em segredo, há anos venho estudando os aeróstatos. Li muito, consultei engenheiros, troquei cartas com Santos-Dumont. Se fui visto na ilha de Paquetá, é porque procurava um sítio afastado onde pudesse construir meu hangar. Mas Paquetá revelou-se impraticável para o transporte do material e de meus operários. Encontrei um barracão aqui perto, em Todos-os-Santos, e é lá que já estou levantando a carcaça, adaptando o motor, desenhando o leme e a hélice. Tenho vinte homens trabalhando, entre carpinteiros, maquinistas, ferreiros e funileiros. Em breve estarei sobrevoando a rua do Ouvidor e dando adeusinho para os companheiros nos cafés!"

Bilac deixou-se contagiar. Comovido pela confiança de Patrocínio, chegou a vê-lo empoleirado na barca, senhor dos ventos e comandando a bexiga voadora a mil metros de altura. Lá do alto, Patrocínio jogaria beijos para o povo e este o vivaria atirando chapéus e bengalas para o ar. Os poetas e boêmios, acorrentados às suas mesas na Colombo, brindariam orgulhosos, com *champagne*. E depois, com maciez e elegância, ele pousaria no Campo de Santana para ser condecorado pelo presidente Rodrigues Alves. Em pouco tempo, fotografias de Patrocínio circundando o Pão de Açúcar com seu dirigível correriam o mundo, assim como as de Santos-Dumont dando a volta na torre Eiffel. O Brasil ficaria conhecido como o berço dos aeronautas, libertando-se da injusta pecha de país de caranguejos que só sabem andar para trás e arranhar o litoral. Seria mais uma vitória da geração de ambos, Patrocínio e Bilac, já de tantos louros coroada.

Bilac só voltou a si com o inesperado convite de Patrocínio:

"Vamos agora mesmo ao hangar. Você assistirá à gestação de uma maravilha."

3

À luz turva do crepúsculo, Todos-os-Santos, a poucos minutos do Meyer, bem que lembrava Saint-Cloud, nos arredores de Paris. Era um bairro despovoado, às margens da Central do Brasil, com descampados que lhe davam um ar nostálgico e pastoril. No máximo uma ou outra vaca ruminava a vegetação rasteira. Sozinho na paisagem, ao fundo de um largo, erguia-se o galpão de madeira que, até pouco antes, funcionara como fábrica de chita. A fábrica se mudara para Magé e Patrocínio alugara o barracão. Ali, ao som de ocasionais mugidos, ele estava construindo o *Santa Cruz*, a última palavra em aeronáutica.

Abriu o portão e entraram. O interior do galpão estava quase às escuras. Patrocínio acendeu os lampiões a querosene pendurados nas colunas e tomou Bilac pela mão, conduzindo-o ao longo da carcaça do dirigível. Os lampiões projetavam bruxas nas paredes e se refletiam nas armações de alumínio. Bilac sentiu-se como Jonas dentro da baleia, com a quilha longitudinal lembrando a espinha do monstro e as hastes lhe servindo de costelas. Era aterrador e, ao mesmo tempo, sublime.

Bilac não podia imaginar de onde Patrocínio tirara o dinheiro que lhe permitira construir aquilo — pois se nem sempre podia dar-se ao luxo de um singelo frango de caçarola no Rivas, o restaurante que frequentavam na rua do Rosário. Santos-Dumont era rico, seus pais eram aristocratas do café. Podia torrar sua fortuna em balões sem depender de ninguém. Mas ele, Patrocínio, era pobre, estava no desvio, sem emprego, e mal se sustentava.

Fez a pergunta direta:

"Quem está pagando tudo isto, Patrocínio?"

"O mundo tem mais pessoas generosas do que se imagina, Olavo", ele respondeu. "Mas ninguém é mais generoso do que Santos-Dumont. Os prêmios que ele recebeu pelo triunfo de seu *N⁰ 6* não foram, como se acredita, distribuídos apenas entre os pobres de Paris e os operários de seu hangar. Uma parte coube a este humilde aspirante a aeronauta [*tosse suave*]. Quando lhe escrevi falando de minha intenção de construir um dirigível brasileiro, mandou-me a passagem para Paris. Levou-me a jantar no Tour d'Argent, passou-me rolos e rolos de papel com seus projetos e insistiu em contribuir com dinheiro. Parte desse dinheiro, gastei-o insensatamente no carro que trouxe para o Rio e que você atirou contra a árvore — aliás, transformei os restos do carro num galinheiro. Vendi a um português as máquinas Marinoni do *Cidade do Rio* e apurei mais algum. Mas talvez precise vender meus móveis para continuar."

Quando Bilac ouviu isso, seu coração desmanchou-se como um *soufflé* de chuchu. Só então ele se deu conta do prejuízo que causara ao amigo. O detalhe do galinheiro, então, era intolerável. Varado de remorso por ter sido tão estroina, procurou um lugar onde esconder-se. Passou por detrás de uma caldeira e tentou mudar de assunto:

"Mas voar é perigoso, Patrocínio! Imagine-se nos ares, a bordo de um objeto que contém um motor a explosão e um balão cheio de hidrogênio. Aeronautas mais preparados que você têm morrido nessas experiências malucas. O próprio Santos-Dumont já sofreu acidentes graves."

Patrocínio abaixou meio-tom de voz:

"A ciência exige bravura e sacrifício de seus filhos. A morte por uma grande causa justifica a mais medíocre das vidas. Neste momento, Olavo, minha preocupação é levantar dinheiro para pagar a equipe, prosseguir o trabalho e importar da firma Lachambre & Machuron, de Paris, a seda japonesa que envolverá o dirigível."

Bilac se convenceu. A magnífica obsessão de Patrocínio era, agora, também sua. Iria para casa escrever uma crônica inflamada sobre o *Santa Cruz*. Faria a louvação definitiva do gênio de Patrocínio e jogaria todo o peso de seu prestígio para forçar o governo a contribuir com o que faltava para que ele terminasse a obra. Oh, por que fora tão leviano e irresponsável, destruindo o carro do amigo?

"Esse José do Patrocínio é um homem extraordinário, meus amigos! Esse diabo mete-se em tudo e sai, de tudo, coberto de glória", escreveu Bilac no dia seguinte em sua coluna na *Gazeta de Notícias*. E, usando mais os poderes da imaginação do que os da observação, continuou:

"A pequena distância do Meyer, encravado num vale, entre montanhas verdes, assenta-se um vasto galpão sempre fechado. Ali fermenta e ferve uma ideia imensa. Ali cresce e se empluma, para a grande viagem da luz, um sonho radiante. Quem vê o pesado barracão, parecendo calmamente dormir, não pode imaginar que assomos de coragem,

sacrifícios, pertinácia e prodígios palpitam entre suas paredes mudas. É o hangar da aeronave Santa Cruz — *o ninho onde se abriga, ainda desprovido das asas, o condor gigantesco, gerado no cérebro de Patrocínio. Dali há de, em breve, levantar voo a ousada nave dos ares, encarregada de espalhar, em pleno céu, o nome do Brasil."*

Na Colombo (onde Patrocínio era Deus e Bilac o Filho, sobrando uma vaga apertada para o Espírito Santo), exemplares da *Gazeta de Notícias* eram disputados de mão em mão com a página aberta na crônica. Que história era aquela de condor? E desde quando Patrocínio, que mal tinha onde cair morto, possuía um hangar? Ninguém queria acreditar no que estava lendo. Um dos dois, Patrocínio ou Bilac, ou ambos, tinha enlouquecido. Ou, então — se fosse verdade —, era a notícia do século. A crônica de Bilac continuava:

"Imaginem um esqueleto de alumínio, que mede quarenta e cinco metros de comprimento, vinte e dois de largura e nove de altura, equilibrado no ar, à espera da seda, que se há de adaptar, como uma pele resistente, à poderosa ossatura metálica. As longas hastes do metal rebrilhante recurvam-se como costelas de um monstro nunca sonhado, alongam-se aqui, arredondam-se ali e ligam-se mais adiante, desenhando o corpo da ave maravilhosa. Um homem, posto ao lado da portentosa construção, desaparece como uma formiga. É isso o esqueleto do Santa Cruz."

Ao ler esse trecho, em sua furna no Cosme Velho, Machado de Assis levantou os olhos do jornal e contemplou a mata verde pela janela. Meditou profundamente antes de fazer tsk, tsk, e só então comentou com a mulher:

"Carolina, temo ter sido imprudente ao fazer de Bilac meu sucessor na *Gazeta*. Quanto a Patrocínio, acho que umas chibatadas em criança não lhe teriam feito mal."

Indiferente a essas considerações do mestre, a crônica prosseguia:

"Em frente a uma das portas do galpão, aprumam-se imensas turbinas, também de alumínio. A viração da tarde bate-lhe nas asas convolutas e elas giram, com um gemido longo e contínuo — como hão de girar mais tarde quando, adaptadas ao corpo do monstro voador, captarem-se os largos ventos, aproveitando-os e transformando-os em força e velocidade. Mais adiante, ainda outros membros do prodigioso animal descansam, fundidos e prontos, à espera do dia em que se dará a última demão ao invento. Todas essas peças enormes, rutilando, enchendo o vasto hangar de fulguração viva, dão a impressão de se estar num laboratório fantástico — onde um semideus, cioso da sua força, prepara empresas sobre-humanas, como a que causou o suplício de Prometeu encadeado à rocha do Cáucaso."

No Café Papagaio, pertinho da Colombo, os jovens caricaturistas Calixto, Raul Pederneiras e J. Carlos liam a crônica de Bilac entre cólicas de riso. Não sabiam o que era mais hilariante: se o delírio de Patrocínio ao querer inventar um dinossauro voador, ou o de Bilac, cujos adjetivos e imagens quase os faziam asfixiar-se com o chope.

A crônica seguia:

"Mas a imensidade da construção não dá uma ideia esmagadora de peso e volume. A impressão que predomina é

a da esbelteza da nave, toda arquitetada em linhas de graça e harmonia. Aquele colossal esqueleto é feito de metal levíssimo, leve como o mais leve papel. Uma criança pode, sem esforço, levantar com a mão qualquer das costelas daquele tora monstruoso. Parada, suspensa no ar, a mole prodigiosa já parece palpitar, num ensaio de voo, ansiosa por sair da imobilidade, rompendo as paredes do galpão, que a encarceram e abafam."

Na confeitaria Paschoal, onde Bilac ainda não fora perdoado pela traição em favor da Colombo, os espíritos de porco aproveitavam para destilar aleivosias contra a virilidade do poeta. Todos admiravam Patrocínio, mas aquela fixação de Bilac pelo amigo já lhes parecia suspeita. E só devolveram ao alforje as farpas envenenadas porque, ao terminar, a crônica de Bilac finalmente ficou um pouco mais informativa:

"Mas a atenção de quem tem a felicidade de ser admitido no galpão do Santa Cruz não pode ficar monopolizada pelo esqueleto da aeronave. Em cada canto trabalha uma turma de operários. O ar está cheio de trabalho, de febre, de vida. A colmeia da glória moureja. Naquele amplo ventre fecundo, todas as forças se empenham, conjugadas, colaborando na gestação do prodígio. Aqui, junto ao fogo, os ferreiros caldeiam o metal candente; ali, os carpinteiros reforçam estrados e esteios; acolá, os maquinistas experimentam máquinas aquecedoras do ar; mais adiante, o engenheiro do Santa Cruz põe em ação motores elétricos; e, a um canto, inclinado na cova da modelagem, o velho Ayres, operário que é um verdadeiro artista, modela, para a fundição, as largas pás da hélice propulsora. A construção da aeronave

Santa Cruz *vale por uma reabilitação do operário brasileiro, por uma glorificação da nossa aptidão industrial e fabril.*"

Na sede da Academia Brasileira de Letras, na praia da Lapa, a crônica provocou um frenético cofiar de barbaças. A perplexidade era tanta que Rui Barbosa chegou a errar uma mesóclise. Do alto de seus quase dois metros, o barão do Rio Branco já temia ser atropelado nas nuvens pelo dirigível. E Capistrano de Abreu, que adorava Patrocínio e Bilac, perguntava-se que bicho-carpinteiro teria mordido dois membros tão queridos da instituição.

Para Medeiros e Albuquerque, um dos acadêmicos mais azedos e influentes, não havia nenhum bicho-carpinteiro: Patrocínio é que era assim mesmo, um "corruptor de talentos e vocações". Um ocioso nato, que atraía os jovens literatos para sua vida desregrada. Por causa dele é que Bilac vivia pelos bares e cafés, encharcando-se de vermute e, quem sabe, de absinto, quando deveria ficar em casa, produzindo seus sonetos imortais. E, agora — espumava Medeiros —, Patrocínio acabava de arrastar Bilac para essa ridícula aventura de um balão.

Bilac não via nada de ridículo ou de aventura no balão de Patrocínio. É verdade que também não vira no galpão nem sombra da azáfama que descrevera. Sua crônica fora um misto do que Patrocínio lhe dissera com o que ele próprio havia imaginado. Mas sua confiança no amigo era tanta que bastou pingar o ponto final para acreditar em tudo o que ele próprio escrevera.

41

Além disso, a carcaça, o leme, a hélice e o motor do *Santa Cruz* não eram miragens, estavam lá para quem quisesse ver. E se Santos-Dumont, que era a coqueluche dos aeronautas franceses, acreditava em Patrocínio, por que ele não havia de acreditar?

A crônica de Bilac foi direto ao alvo. No Senado, naquele mesmo dia, Nilo Peçanha e Serzedelo Corrêa propuseram a dotação de vinte contos de réis para Patrocínio terminar o dirigível. Para surpresa até dos dois senadores, a emenda foi aprovada. Dias depois, Patrocínio subiu à tribuna, com o plenário lotado, para receber o dinheiro e fazer o discurso de agradecimento.

Flamante como no tempo das sacadas, evocou a tradição aeronáutica brasileira, que já vinha desde 1709, quando o padre santista Bartolomeu de Gusmão, o "Padre voador", tentara conquistar os ares europeus com sua baldada *Ventarola*. Foi comovente ao lembrar a tragédia de outro aeronauta patrício, Augusto Severo, que, tão recentemente, em 1902, morrera em Paris na explosão de seu dirigível *Pax*. E, ao citar Santos-Dumont como o brasileiro que redimira o homem do "defeito de não ser pássaro", Patrocínio fez uma pausa *à propos* para o inevitável estouro das palmas. Na primeira fila, Bilac não conteve a grossa lágrima que lhe escapou do olho direito, rebolou no aro de ouro do *pince-nez* e despejou-se sobre o peitilho da camisa.

Já sentindo a plateia no bolso, Patrocínio ousou o impensável: deu a entender que os vinte contos de réis não eram suficientes. A generosa dotação do Congresso, disse ele, bastava-lhe para importar a seda e dar os arremates nas partes mecânica e elétrica. Mas — suspirou —, ainda faltava dinheiro para pagar os operários e financiar os primeiros voos experimentais. Não querendo abusar dos cofres da República, teria de procurar particulares para se associarem a ele naquela empreitada que — sublinhou — era de interesse do Brasil. Nas entrelinhas, insinuava que o Congresso não faria nenhum favor em continuar bancando-o.

E guardou a frase de efeito para o *grand finale*:

"O *Santa Cruz* não me pertence. Brevemente, quando me virem navegando no espaço, quem viajará comigo será o povo brasileiro, violando a única lei a que o homem não pode submeter-se: a lei da gravidade."

Novo espoucar de palmas, uma revoada de cartolas, gritos de "Apoiado!" vindos das galerias, uivos de "Viva Patrocínio!", e a certeza geral de que, tanto quanto o sol e as gaivotas, logo o *Santa Cruz* estaria incorporado aos céus da Guanabara.

4

Bilac flanava por Paris com uma familiaridade de rua do Ouvidor. O Rio era a sua casa, mas Paris era a sua cidade: feminina, boêmia, debochada. A amante ideal, perfumada e nua, para a sua contemplação platônica. Paris o envolvia com um calor de placenta e o fazia transudar amor por todos com quem cruzava: os buquinistas do cais Malaquais, os tipos extravagantes que circulavam no cabaré Chat Noir, mesmo os rudes açougueiros de Les Halles, Bilac os via a todos como parceiros num banquete sensual e secreto.

Como ninguém o conhecia, podia saltitar pelos bulevares cantando tirulirus, o que não acontecia no Rio, onde vivia sendo abordado por admiradores às vezes importunos. (Como o homem que o interpelara na rua Santa Luzia para perguntar-lhe se escrevia "registro" ou "registo". Ele quis fazer graça e respondeu: "Escrevo com pê-agá". O homem saiu arrasado e só depois Bilac se deu conta da grosseria.) Em Paris, aonde acabara de chegar pelo vapor *Blücher*, o mais provável era que ele, Bilac, desmaiasse à visão de um de seus heróis da poesia, caso um deles descesse das estrelas e lhe surgisse pelo caminho em Montmartre ou Montparnasse.

Respirando fundo para intoxicar-se com os aromas de Paris, Bilac saiu do Jardim do Luxemburgo, onde passara a manhã, e entrou na rue de Fleurus. O sol de junho cintilava nas fachadas brancas e, às vezes, um raio maroto alvejava as lentes de seu *pince-nez*, cegando-o por instantes. Quem sabe Athos, Porthos e Aramis não estariam pela vizinhança, com seus chapéus de plumas e floretes de ouro? Era uma possibilidade. Em vez disso, ao dobrar a esquina da rue de Fleurus com o boulevard Raspail, Bilac chocou-se violentamente com uma senhora de tranças que voltava da feira com uma cesta de frutas.

Com o impacto, Bilac caiu sentado para trás, como se tivesse ribombado contra um carroceiro ou estivador. A mulher era forte, maciça e lembrava um indígena americano cuja gravura ele vira na tampa de uma caixa de charutos. Mais vesgo do que nunca, com o *pince-nez* fora do lugar, Bilac levantou-se e balbuciou desculpas em francês. Mas a mulher, sem ouvi-lo, despejou-lhe uma chuva de imprecações em inglês enquanto saía em perseguição às frutas — suas peras, maçãs, laranjas e um melão tinham caído da cesta e rolavam comicamente pela rue de Fleurus. Quando tentou ajudá-la, Bilac foi enxotado como se suas mãos fossem indignas de tocar aquelas frutas amassadas.

Bilac não podia imaginar, mas a mulher com quem acabara de colidir era uma americana chamada Gertrude Stein, dada a estimular pintores desconhecidos. E as frutas eram as que serviriam de modelo para as naturezas-mortas de seus jovens amigos espanhóis Pablo [Picasso] e Juan [Gris], ambos muito pobres para fazer compras na feira. Pode ser que, pelo estado em que ficaram as frutas ao cair da cesta (o melão se rachara, as peras e maçãs ganharam ângulos inesperados), tenham sido elas as primeiras inspiradoras do cubismo. Mas, se foi assim, nem Gertrude Stein sabia disso naquele momento.

Bilac pôs-se de prumo, espanou-se ostensivamente e encavalou o *pince-nez* no nariz como se fosse uma bicicleta. Em seguida, despediu-se com um firme *"À jamais, Madame!"* e girou nos calcanhares com o máximo de dignidade que lhe restava. Não admitia ser destratado por bárbaros falando inglês e muito menos em sua amada Paris. Quando tomara o vapor no Rio, duas semanas antes, antevira uma *saison* de prazeres e só uma coisa lamentara estar deixando para trás: o dirigível de Patrocínio.

Pouco antes de zarpar, voltara ao galpão de Todos-os-Santos e depois levara Patrocínio a almoçar no Zé dos Bifes, na rua da Carioca. Enquanto destroçava um filé de palmo e meio soterrado por uma cordilheira de cebolas e batatas, Patrocínio descrevera-lhe o progresso de seus trabalhos. O aeronauta parecia um novo homem. A dotação do Senado lhe fizera tanto bem que suas faces haviam adquirido um tom róseo, de neném, sob a densa pele escura. E Patrocínio tinha motivos para sentir-se rejuvenescido: a seda japonesa fora encomendada e, segundo os engenheiros, seus cálculos quanto ao peso dos motores e da gasolina estavam corretos. Nada impediria o *Santa Cruz* de levantar voo nos próximos meses.

A perspectiva do iminente triunfo de Patrocínio fez Bilac esquecer o incidente na rue de Fleurus e permitiu-lhe dirigir seus pensamentos para o delicioso compromisso que o aguardava em poucas horas: o jantar de gala em homenagem a Santos-Dumont, oferecido pelos condes d'Eu no palacete da avenue de Boulogne — sendo a condessa, naturalmente, dona Isabel, a princesa imperial do Brasil no exílio. A tão estimada Isabel, aos pés de quem os negros brasileiros, na pessoa de Patrocínio, se ajoelharam quando ela os libertou, em 1888. Mas o Brasil fora cruel para com Isabel. Dezoito meses depois da Lei Áurea dera-se a República, e a família imperial marchara tristemente para o exílio, a bordo do *Riachuelo*. Isabel viera para Paris com o marido, aliás francês, mas nunca esquecera a pátria. Encher o palacete de brasileiros, mesmo de republicanos suaves como Bilac, era a sua maneira de sentir-se perto do país.

Bilac tomou o rumo de seu hotel, nos Invalides, de olhos postos no céu em que Santos-Dumont se consagrara. Andar a pé durante horas por Paris era um de seus prazeres indispensáveis e até de olhos fechados seria capaz de localizar-se naquelas ruas. Conhecia-as pelo cheiro das padarias, dos armazéns de especiarias, das diferentes oficinas de artesãos e pelo cheiro dos franceses mesmo. E havia também a Paris literária, que ele sabia de cor e que se desfolhava à sua vista como um livro de estampas, a cada rua ou esquina.

A Paris de Victor Hugo? Era na rue Notre-Dame-des-Champs, em Montparnasse, onde ele mantivera o seu célebre *salon*; ao ficar rico e famoso, Hugo mudara-se para um palácio na place des Vosges, na Bastilha. A Paris de Flaubert, Baudelaire e Zola? Era na rue d'Amsterdam, em Montmartre. A Paris de *A dama das camélias*, de Alexandre Dumas filho? Ficava ali ao pé do Sacré-Cœur, também em Montmartre. A Paris de Verlaine e do espoleta Rimbaud? Era no boulevard Saint-Germain, quase defronte à Île de Saint-Louis. E havia até a Paris de Eça de Queiroz, a quem, em 1891, ele visitara

50

emocionado naquela casinha tão simples — "um lar português" em Neuilly, a vinte minutos do Arco do Triunfo, tresandando a uvas, chouriços e alecrim. Mas, agora, Paris pertencia a Santos-Dumont.

Os franceses tinham tanto amor por Santos-Dumont que, perigosamente para o Brasil, começavam a ver nele um de seus heróis nacionais. Seu novo dirigível, o $N^o 9$, o mais leve de todos, tornara-se uma atração diária do céu de Paris. Em sua admiração, os parisienses talvez logo se esquecessem de que Santôs-Dimôn, como o chamavam, era brasileiro, nascido em Minas Gerais. Um brasileiro que se traía até no porte minúsculo: menos de um metro e sessenta e pouco mais de cinquenta quilos. Aliás, pensou Bilac, os outros brasileiros mais admirados do período eram tão nanicos e raquíticos quanto Santos-Dumont: o baiano Rui e o fluminense Euclides. Ele, Bilac, era uma rara exceção, com o metro e oitenta que o fazia pairar como uma palmeira sobre os seus contemporâneos e viver batendo com a cabeça em portais e candelabros.

Mas a façanha de Patrocínio com seu dirigível, a concretizar-se em breve, faria surgir um novo tipo de herói que nenhuma outra nação poderia arrebatar: um negro brasileiro — o sangue da África que desaguara no Rio de Janeiro e circulava pelas veias da rua do Ouvidor, oxigenando e insuflando uma geração inteira como a dele, Bilac. Em sua visão, Patrocínio não era um homem comum, mas um super-homem que, dotado apenas da palavra, da fé e da insolência, quebrara grilhões seculares. E que, agora, metia-se na aeronáutica, território reservado aos brancos, e descobria soluções para problemas em que outros, mais doutos e preparados, ainda estavam embatucados. O *Santa Cruz* seria a vitória da intuição brasileira sobre o racionalismo frio dos europeus.

Bilac deixara-se de tal forma embriagar por esses pensamentos que, quando despertou para a realidade e olhou ao redor, não encontrou o hotel. Não chegara aos Invalides, como pensara. Estava diante da gare d'Austerlitz, a quilômetros de distância de seu destino e na direção exatamente oposta. Vexado pelo engano, imperdoável num parisiense honorário como ele, levantou a gola da sobrecasaca, enfiou-se num tílburi e sussurrou ao cocheiro o nome do hotel.

Os salões do palacete no Bois de Boulogne refulgiam de cabeças coroadas, punhos de renda e peitos emedalhados, mas eles pareciam evaporar-se diante daquele brasileirinho de apenas trinta anos que quase cabia num dedal. Não se podia perder uma chance de homenagear Santos-Dumont. Muitos só o conheciam de fotografia ou de caricatura ou de vê-lo furando as nuvens, mil e quinhentos metros acima da place de La Concorde. Outros já o tinham visto descer várias vezes com o *N° 9* na pista de corridas de Longchamps — entre um páreo e outro, *bien sûr*, para não assustar os cavalos. Nessas ocasiões, Santos-Dumont saltava da barca como se fosse um jóquei do espaço e ia tomar cafezinho com as autoridades na tribuna de honra. Dali, abanava o chapéu desabado para a multidão, voltava todo serelepe para o aeróstato e, dois minutos depois, lá estava ele de novo, voando sobre a cidade. Como não se encantar com um homem assim?

Naquela noite, no palacete dos Eu, homens e mulheres usavam a última moda em Paris: o relógio-pulseira — não por acaso, também uma nova invenção de Santos-Dumont. E que, como todos os grandes inventos, nascera de uma necessidade: com as mãos ocupadas nas válvulas e alavancas do dirigível, ele não tinha como puxar o relógio do bolso para controlar o tempo das operações. Daí a ideia de reduzi-lo e usá-lo no pulso. Desenhou o modelo, construiu um protótipo e pediu ao joalheiro Louis Cartier que o fabricasse. Não imaginava que a nobreza de Paris, cujo uso das mãos raramente incluía o trabalho, fosse gostar da ideia e assoberbar Cartier com encomendas.

O relógio de Santos-Dumont era simples e prático, mas os dos aristocratas que o cercavam eram objetos lavrados como joias, com pulseira de ouro e um brilhante na cabeça do parafuso que prendia os ponteiros. Todos o usavam no braço direito, porque era assim que lhes parecia lógico — até se darem conta de que Santos--Dumont usava o seu no esquerdo. "Fica mais fácil para dar corda com a mão direita", ele explicou com singeleza. "*Oui, oui!!!*", exclamaram, como se enfim enxergassem o que, de repente, era tão óbvio.

Para qualquer lado que fosse, rodas se formavam para ouvi-lo. Arrastava séquitos pelos salões e só faltava que senhoras com polpudos decotes o acompanhassem ao toalete. Não era apenas o homem que dobrara o vento à sua vontade. Era também o inventor do hangar, da porta corrediça, da palavra "aeroporto". Ao seu redor brotava toda uma cultura com nomenclatura própria. E era ainda o primeiro homem que viam repartir o cabelo ao meio, para disfarçar um princípio de calvície. Como alguém tão pequenino podia ser tão grande? — arfavam os decotes, já imaginando coisas.

À vontade entre aqueles nobres, diplomatas e militares repolhudos, Santos-Dumont, com a maior naturalidade, dizia coisas que talvez mudassem o destino do mundo. Por exemplo, que os dirigíveis eram a única arma capaz de enfrentar os recém-inventados submarinos — porque só eles, nas grandes altitudes, podiam distinguir os submarinos no fundo do mar e destruí-los com bombas despejadas lá de cima. A esse raciocínio, a seu ver tão simples, ouvia um coro frenético de oui--ouis como resposta. Ou então: o primeiro veículo a chegar ao polo será um dirigível. "Um dia, alguém ainda fará isso", declarou, recebendo novos e entusiásticos oui--ouis. "Mas não serei eu, que, como bom brasileiro, não gosto de frio", acrescentou. No que a plateia fez uma desapontada boquinha em ó para exclamar: "Ohhh!!!".

A depender de Isabel e do conde d'Eu, o francês e o português seriam as línguas correntes em suas recepções no palacete. Mas a última flor do Lácio, como Bilac a chamava, estava mais para sepultura do que para esplendor, como ele também dizia — os franceses só conheciam umas poucas palavras da inculta e bela, ao passo que os brasileiros presentes falavam perfeito francês, ainda que alguns com sotaque baiano. O conde gostaria também que sua aguardente favorita, a cachaça Caramelo, mandada vir do Brasil, caísse no agrado de seus convidados.

Mas eles, brasileiros incluídos, depois de sentir-lhe o *bouquet* em deferência ao anfitrião, trocavam-na sub-repticiamente pelos licores e conhaques nas bandejas.

Outra atração do jantar era o mago do ilusionismo aplicado à cinematografia, Georges Méliès. Apenas um ano antes ele assombrara Paris com seu filme *A viagem à Lua*, em que o navio do espaço acabava cravado no olho do satélite, representado por uma mulher de cara redonda. *Monsieur* Méliès tinha muita imaginação e era *chic* ir ao seu cinematógrafo nos Champs-Élysées. Mas a estrela da noite era Santos-Dumont. Esquecido a um canto, Méliès não se importou. Além de gostar de faisão, tivera um bom motivo para aceitar o convite dos condes: ouvir o homem dos dirigíveis e, quem sabe, roubar-lhe uma ou duas ideias para seus filmes.

À mesa do jantar, com Santos-Dumont à direita de Isabel, Bilac ficou apreensivo ao se ver à esquerda do conde d'Eu. O conde era surdo (herança dos canhões ribombando em seus tímpanos na Guerra do Paraguai), e Bilac imaginou-se tendo de gritar dentro de suas orelhas para fazer-se entender. Por sorte, o conde aplicava ao ouvido uma pequena corneta de prata, o que facilitava muito a conversação, e os dois logo descobriram afinidades — uma delas, o fato de usarem *pince-nez*.

O conde admirava o poeta, lera todos os seus livros e, quando lhe disse que estimava particularmente o soneto xiv de *Via Láctea* ("Viver não pude sem que o fel provasse/ Desse outro amor que nos perverte e engana...”), o rosto de Bilac iluminou-se. Era um de seus poemas mais sinceros e sofridos e, por isso, prediletos.

Mas, embora Bilac fosse o outro convidado ilustre, aquela não era a noite da poesia e, sim, da aeronáutica. Não que uma coisa não tivesse a ver com a outra. "Os dirigíveis são a poesia entre nuvens", ele disse à mesa, arrancando os seus próprios oui-ouis. Acrescentou: "A música das esferas admite o ronco dos motores e o farfalhar das hélices". E, para deleite dos comensais, anteviu o céu de Paris coberto de dirigíveis coloridos, a exigir *gendarmes* de apito e luvas brancas, cada qual em seu balão, controlando o trânsito aéreo para evitar engarrafamentos. "*Qu'ils sont drôles, ces brésiliens!*", suspirou um decote. Foi a sua deixa para falar no balão de José do Patrocínio.

"Inspirado em nosso grande patrício Santos-Dumont", começou Bilac, "Patrocínio lançou-se à aventura da ciência. Até há pouco era um homem de letras, um panfletário, um ativista. Mas, com a vitória de sua grande causa [*e, ao dizer isso, endereçou um terno olhar a Isabel*], restava-lhe procurar novas bandeiras. Daí, ocorreu-lhe o dirigível. Mas como poderia construir um aeróstato se, em matéria de aeronáutica, era um curioso, um intuitivo, quase um primitivo? E, de fato, senhores, até há pouco Patrocínio não sabia distinguir uma popa de uma proa. É então que entra a magia do gênio brasileiro — e, talvez para surpresa de muitos, do negro brasileiro. Em poucos meses dominou o conhecimento que lhe faltava, instalou seu hangar no Rio e está prestes a nos apresentar inovações assombrosas. Mas sou suspeito para falar de Patrocínio. De seu caráter e bravura, pode dizer melhor nossa querida Dona Isabel. E de seu fabuloso dirigível, o *Santa Cruz*, dirá melhor Santos-Dumont, que sabe mais de balões do que qualquer ser sobre a Terra."

Mas nenhum dos dois quis tomar a palavra. Era Bilac quem acabara de chegar do Rio, quem estivera havia pouco com Patrocínio e quem detinha as informações. Que, por favor, prosseguisse e nos desse mais detalhes. Bilac, satisfeito, pigarreou regulamentarmente e preparou-se para continuar. Na outra ponta da mesa, mãos em concha postaram-se atrás de orelhas para escutar melhor — entre as quais as de Méliès e as de Deschamps e Valcroze, dois jovens aeronautas franceses entre os convidados.

"*Eh, bien*", disse Bilac. "Pelo que sei, Patrocínio descobriu como diminuir o peso geral do dirigível para poder comportar novos elementos sem prejuízo da força ascensional. Toda a madeira, que antes era pinho-de--riga, foi substituída por bambu brasileiro. A quilha, a barca e tudo o mais têm agora peso insignificante. Com isso ele poderá aplicar duas hélices em vez de uma, acionadas por dois motores de sessenta cavalos, dobrando a velocidade do dirigível e atingindo o absurdo de noventa quilômetros por hora. Usará também dois tanques de gasolina em vez de um, o que lhe permitirá ficar horas no espaço. O lastro não conterá areia, mas água, que será aproveitada pela bomba de ar ligada aos motores. Todas as peças serão presas ao balão por cordas de piano. E há muitos outros detalhes que eu não saberia reproduzir.

No futuro próximo, tudo isso será desenvolvido para fazer do *Santa Cruz* o sonho de Patrocínio: o balão-ônibus, capaz de transportar até vinte passageiros."

À mesa, quase só de leigos, bebia as palavras de Bilac como se elas fizessem perfeito sentido para eles. O próprio Santos-Dumont o ouvia com grande interesse. Mais do que todos, ele sabia que as ideias de Patrocínio, entre as quais a do balão-ônibus, eram viáveis — mesmo porque estavam esboçadas nos projetos que ele, Santos-Dumont, lhe passara meses antes. Não se interessara em experimentá-las por uma razão simples: para ele, que só pensava no futuro, os balões já eram o passado. Desde que resolvera o problema da dirigibilidade, com o motor a explosão acionando a hélice, tudo ficara fácil demais — inevitavelmente os balões tornar--se-iam mais leves, rápidos e seguros. E, de fato, poderiam ter uso militar, detectando submarinos, ou exploratório, chegando a pontos remotos do globo. Ele é que os via agora apenas como brinquedo. Adorava sobrevoar Paris ou a baía de Mônaco, mas sua cabeça e seus planos, por enquanto secretos, estavam em outro desafio: o mais-pesado-que-o-ar. Ou seja, o avião.

Para os ambiciosos Deschamps e Valcroze, no entanto, os balões dirigíveis não tinham nada de passado. Eram, mais do que nunca, o presente — e um presente que podia torná-los os industriais mais ricos da Europa. Sem tirar os olhos de Bilac, os dois aeronautas cochichavam com a boca escondida pelos guardanapos. Para Deschamps, Santos-Dumont era um gênio, mas ingênuo, porque não explorava comercialmente os dirigíveis. Não patenteava suas invenções (*"Incroyable!"*) e, pior, nem escondia como funcionavam. Ao contrário, cedia seus diagramas para revistas como *L'Illustration* ou *Je Sais Tout*; estas os publicavam e qualquer um, querendo, podia executá-los. "Talvez acredite que, por ser famoso demais, ninguém se atreverá a roubá-lo", sussurrou Deschamps.

"Sim", concordou Valcroze, com o cotovelo enfiado sem perceber na omelete de trufas. "Mas ninguém conhece esse Patrocínio fora do Brasil. Se seu dirigível for tudo o que diz o zarolho, imagine as possibilidades. Será facílimo vendê-lo para os ingleses, os russos, os japoneses, os americanos. Todos vão querê-lo para seus exércitos."

Uma voz rouca, de velho mágico de circo, cortou os pensamentos dos aeronautas e o discurso de Bilac:

"*Monsieur* Bilac", disse Georges Méliès, "se Patrocínio é realmente o gênio de que o senhor fala, acho que vou ao Brasil buscá-lo para conceber meus filmes. Melhor ainda: vou tirá-lo do Rio com um velho artifício de mágica e fazê-lo materializar-se instantaneamente em Paris."

Bilac e os demais riram da ideia do cineasta. Ao ouvi-la, Deschamps e Valcroze levaram um susto, mas logo se recompuseram e também riram, só que amarelo. Ela se parecia demais com os planos que, ali mesmo, eles começavam a traçar. A diferença é que não precisariam ir ao Rio, nem trazer Patrocínio a Paris. Só teriam de apoderar-se dos projetos e diagramas do dirigível. E, para isso, já tinham em mente uma arma — secreta, morena e fatal.

5

Oitenta dias depois, recostado a uma espreguiçadeira no deque do *Blücher*, a caminho do Rio, Bilac recordava gozoso os momentos coruscantes de sua temporada parisiense. Entre outras coisas, convencera Santos-Dumont a ir ao Rio. O Brasil queria juntar-se às homenagens que o mundo inteiro lhe prestava. Santos--Dumont prometera que muito em breve, no dia 7 de setembro, estaria lá. E Bilac ainda arrancara dele o compromisso de visitar Patrocínio em seu hangar.

Mas nem tudo tinha sido tão sério. Certa noite, fora arrancado à alegria dos álcoois e asneiras no Lapin Agile, um cabaré de Montmartre, e arrastado à casa de *Madame* Labiche, a conhecida vidente, do outro lado da rua. Bilac desprezava videntes, cartomantes e esotéricos, mas *Madame* Labiche era o último grito em Paris. Escritores fascinados pelo Além, como Leon Tolstói e Conan Doyle, vinham de Moscou e Londres para consultá-la. Ele, pelo menos, estava a poucos passos — do Lapin Agile ao Além era um pulinho. De que lhe custava submeter-se a uma consulta? Bilac e seus amigos franceses deixaram os copos sobre a mesa, prometendo voltar, e bateram à porta da vidente.

Para quem via o futuro com clareza, *Madame* Labiche enxergava mal o presente ao seu redor. Sob a iluminação mortiça de tocos de velas, sua sala parecia uma tenda cigana ou árabe, com véus esfarrapados pendurados do teto, tachos sobre os móveis e muito bricabraque em forma de lua e estrela. Tudo recoberto pelo pó do calçamento de Paris, como se um espanador não passasse por ali desde os tempos do marquês de Sade. O ambiente já seria quase irrespirável se não fosse agravado pelo odor que se desprendia de *Madame* Labiche *elle-même*: um misto, talvez, de bodum de tarântula com urina de perereca. Sentada a uma mesinha baixa no centro da sala, sua idade era difícil de definir — algo assim entre os noventa anos e a morte. Bilac foi-lhe apresentado sem menção de nome, origem ou profissão.

Madame Labiche olhou-o com interesse. Abaixou a cabeça e recitou metalicamente, como se sua voz saísse de um realejo:

"A perfídia e a beleza são invencíveis quando se unem. Há um manto negro de abutre à espreita. A ave será abatida antes do voo. As estrelas existem para ser ouvidas, não vistas. Dez francos."

Esperando que ela continuasse, Bilac custou a perceber que as últimas palavras eram o preço da consulta, não uma revelação cifrada. Tirou uma nota da carteira e entregou-a à velha. Tentou balbuciar uma pergunta (o que ela queria dizer com tudo aquilo?), mas a mulher estendeu a garra num gesto mudo de *c'est fini*. Bilac voltou de pernas bambas para o Lapin Agile — impressionadíssimo com a referência que a bruxa fizera ao seu verso mais famoso.

Impressão que, agora, em alto-mar, ele classificava como muito exagerada. Tinha sido uma clara coincidência. Luas e estrelas deviam ser tão obrigatórias no discurso dos videntes quanto no dos poetas. Era natural que houvesse certas imagens em comum. Quanto às demais "vidências", não enxergara nelas pé nem cabeça. Mas não deixara de ser fascinante saber que, até em

Paris — o berço da Razão, na língua de Rousseau, Voltaire e Diderot —, ainda existiam cultores de práticas tão medievais. E isso no coração de Montmartre, a poucos metros do Lapin Agile, do Rat Mort e do Chat Noir, frequentados por homens de boca pintada, longas pestanas e colares de pérolas e por mulheres de cabelo curto, smoking preto e gravata-borboleta. De um lado da rua, os untos e poções das velhas alquimias; do outro, a morfina, a cocaína e o haxixe, as novas substâncias em voga e que talvez tivessem assustado um Baudelaire.

Mas Paris já estava para trás, e em poucos dias o Rio surgiria à sua frente, depois da escala em Lisboa. Dessa vez, aproveitaria a parada em Lisboa para cumprir uma tarefa que lhe escapara na ida: abraçar-se à estátua de Eça de Queiroz, recém-inaugurada no Largo do Barão de Quintela. Eça morrera três anos antes, mas Bilac e seus amigos da Colombo ainda não tinham se acostumado à ideia de que não havia mais ninguém para criar novos Joões da Ega, Basílios ou Acácios. Era um mau augúrio para a literatura do século xx, perder um gigante como Eça logo na alvorada do 1900. Sem ele, o futuro parecia reservado a prosas bárbaras.

Aliás, como seria esse futuro? Haveria lugar para a poesia no século dos dirigíveis, dos automóveis e, quem sabe, até do cinematógrafo? Apesar do ar carregado de sal que envolvia o navio, Bilac julgou sentir um cheiro forte de naftalina a sua volta. "Brrr", fremiu, assustado com a hipótese de, um dia, sua obra servir de pasto para as traças. Mas, ao apalpar-se, descobriu que o cheiro era real: alguém, talvez o camareiro, deixara duas bolinhas de naftalina no bolso do casaco que tirara do baú naquela manhã.

Ele não acreditava em Deus, nem em preces ou religiões, mas se prostraria diante daquele Eça de mármore em busca de uma iluminação. Sim, era só um pedaço de pedra, artificial e frio, pensou Bilac. Mas sua admiração e seu amor por Eça se encarregariam de lhe transmitir calor. Faria com a estátua o que o pudor o impedira de fazer com o homem, doze anos antes, em Paris: encostaria nela todo o seu corpo e beijaria aquelas mãos que haviam escrito *Os Maias*. Nem que tivesse de escalar o pedestal usando as unhas, ou fosse apontado como louco pelos transeuntes, ou despencasse lá de cima.

Bilac desembarcou em Lisboa, hospedou-se no Hotel Bragança, no Chiado, pelos três dias da escala do navio, e foi, como planejara, à enorme estátua de Eça, perto do cais do Sodré. Só que, mais uma vez, o pudor o travou. Não escalou o pedestal, não se abraçou ao Eça e não lhe beijou as mãos. Apenas o contemplou, demorada e sonhadoramente. Além disso, o Eça não estava sozinho no monumento: o escultor pusera-o ao lado de uma deusa de longos véus, braços abertos e seios nus — uma representação da Verdade, talvez?

Pouco depois, Bilac percebeu que também não estava sozinho diante do Eça. Uma mulher descera de uma caleça e se postara à sua direita na homenagem ao escritor. Bilac ouvira o resfolegar do cavalo e o estalo dos saltos na calçada. Voltara-se para espiar e vira a morena que caminhava para o monumento, de fronte erguida e passos firmes.

Ela nem olhou para Bilac, mas ele não pôde deixar de observá-la. Era alta e elegante, no apogeu dos seus, diria Bilac, trinta anos. O vestido de seda azul desenhava-lhe as pernas compridas, a cintura delgada e o busto pequeno e perfeito. Cachos de cabelo preto lhe fugiam do chapéu, este num tom mais escuro de azul, adornado por um penacho de garça. Quando levantou o véu para contemplar o Eça, um par de olhos grandes e também pretos contrastou com a boca de lábios vermelhos e carnudos.

Indiferente a Bilac e ao planeta ao seu redor, ela depositou uma orquídea aos pés da estátua. Recuou meio passo para contemplar o efeito e, num sussurro grave, cantarolou qualquer coisa que Bilac julgou entender como "Passarinho trigueiro/ Salta cá fora/ Tens as asas quebradas...". Os versos fizeram eco a alguma coisa em sua memória. De onde ele conhecia aquilo?

Como se tivesse saído das páginas de um folhetim de Ponson de Terrail e agora voltasse para elas, a mulher voltou para a caleça com as ancas cheias de abandono e deixando no ar um halo de volúpia. Bilac pensou que, diante de mulheres assim, não admirava que muitos homens continuassem apaixonados pelas próprias mães. E, rindo para si mesmo, concluiu que o velho Eça era infernal — capaz de provocar admiração tanto em marmanjos graves e de bigodes retorcidos como ele como em mulheres como aquela, cuja beleza excessiva tornava pálidos e falsos até os mais candentes poemas de amor.

Bilac não sabia, mas a bela portuguesa se chamava Eduarda Bandeira. E, embora ele nem desconfiasse, fora contratada pelos franceses Deschamps e Valcroze para segui-lo até o Rio e, por seu intermédio, apoderar--se dos planos do dirigível de José do Patrocínio.

6

Bilac vira Eduarda Bandeira muitas vezes no navio, nos doze dias de travessia entre Lisboa e Rio. Era nítido que viajava sozinha, mas não a deixavam um minuto a sós — matilhas de homens estavam sempre cercando-a, sôfregos e salivantes como cachorros. O próprio comandante vivia tentando submeter o pôr do sol aos seus horários de passeio no convés. Bilac observava-a à distância, como fazia com as estátuas do Louvre. Mulheres como Eduarda o fascinavam porque pareciam bravias, saídas da lenda: versões modernas de Dalila, Cleópatra, da rainha de Sabá e, ao mesmo tempo, tão inatingíveis quanto Eurídice, Gioconda ou Julieta — o ideal feminino absoluto, como as iaras e as amazonas, a ser tocado somente pelo sonho dos artistas, não pelas ásperas mãos dos homens.

Numa das últimas noites, o acaso os juntara de costas um para o outro, em mesas contíguas no restaurante, e ele se deliciara ao entreouvir o seu lindo sotaque lisboeta, cortado por gargalhadas francas e musicais. Em certo momento, sentiu o perfume de uma cigarrilha e, virando-se discretamente, viu que fora ela quem a acendera. A fumaça pelas narinas, sua *aisance* entre desconhecidos, a tranquila certeza de ser bela, tudo contribuía para a sua sensualidade e nada que fizesse a tornava vulgar.

Mas só se falaram pela primeira vez quando o *Blücher* estava para entrar na baía de Guanabara. Com o Pão de Açúcar já se impondo naquela luminosidade febril, Bilac percebeu, embevecido, como fora profundo no dia em que escrevera: "Nunca morrer assim!/ Nunca morrer

71

num dia assim!/ De um sol assim!'". Por alguns segundos, sentiu-se ébrio dos próprios versos. Ao voltar à vida, descobriu-se ao lado de Eduarda no convés. As palavras rolaram-lhe da boca sem que ele as controlasse:

"Lembrei-me! É a cantiga do Libaninho em *O crime do padre Amaro*!"

Ela virou bem devagar a cabeça e o atravessou com seus olhos que, de tão negros, taparam por instantes o sol.

"Como disse, cavalheiro?"

"'Passarinho trigueiro/ Salta cá fora/ Tens as asas quebradas...' É o que o Libaninho canta em falsete no romance do Eça. E é o que a senhora cantarolou baixinho ao pé da estátua."

"De fato", concordou. "Não pensei que houvesse alguém a me ouvir. A rigor, não percebi a existência de ninguém a meu lado."

Ferido pelas palavras que o reduziam à mais ínfima das insignificâncias, Bilac não perdeu o *aplomb*:

"Com efeito, diante do Eça, mesmo em estátua, todos encolhemos a ponto de nos tornarmos invisíveis. A exceção, naturalmente, é a senhora."

Ao dar-se conta da *gaffe*, outras mulheres ficariam com as faces purpurinas. Mas Eduarda não se alterou. Abanando-se com seu leque de plumas de corvo e palhetas de tartaruga, sorriu e conciliou:

"Mesmo as exceções podem ter os sentidos obnubilados pela presença do Eça, senhor..."

"Olavo Bilac, às suas ordens."

O rosto da amazona irradiou luz quando ela respondeu:

"O grande poeta brasileiro? Pois, claro! Olavo Brás Martins dos Guimarães Bilac — o nome já é um alexandrino perfeito, inclusive com o corte na sexta sílaba. [*Mediu-o com os olhos*] Não o julgava tão alto."

E Bilac, cujos galanteios artificiais e floridos ainda ecoavam um cavalheirismo estilo 1850, devolveu:

"Não tão alto que, como todos os homens, não me sinta pequeno em sua presença, senhora."

Se *Madame* Labiche, a vidente de Paris, lhe tivesse dito que em uma semana a partir do encontro no navio ele se veria na cama, alvo da libido de uma mulher insaciável, Bilac se esbaldaria de rir, como se lhe tivessem contado a última do português. E pediria a *Madame* Labiche que contasse outra.

Pela mão de Bilac, Eduarda Bandeira adentrou com estrondo a boemia literária carioca. Foi ele quem primeiro a levou à Colombo, poucos dias depois da chegada — e, sabendo onde pisava, só apareceu com ela às cinco da tarde, quando as famílias já se tinham retirado e começava o turno das *demi-mondaines*. O salão fervia de amigos do poeta, todos armados com seus trocadilhos, piadas e sonetos de ocasião. Mas, com sua inteligência e exuberância, ela logo calou aqueles homens que, até então, só tinham ouvidos para o que eles mesmos diziam.

Para começar, sua aparência era um espanto: os figurinos sóbrios e elegantes com que Bilac a vira em Lisboa e no navio tinham sido substituídos por roupas à masculina, ousadíssimas, que revelavam suas formas. No Rio, Eduarda passara a usar calças compridas e vincadas, casacos cintados, gravatas *plastron* e boinas de veludo caídas sobre uma orelha. Em vez da feminina sombrinha, desfilava com uma potente bengala de jacarandá encastoada de prata. À distância, com o cabelo preso e a bengala, poderia ser tomada por um daqueles *dandies* que circulavam por Londres e começavam a aparecer por aqui. Tudo isso, no entanto, só realçava sua agressiva feminilidade. E as histórias que, em poucos dias, começaram a circular não deixavam dúvida quanto ao efeito que ela provocava nos homens.

Aos trinta e dois anos, sua biografia palpitava de aventuras desde tenra idade. E ela tinha a quem puxar. Sua família vinha do século XII, quando um antepassado ganhara o nome Bandeira por conduzir a bandeira portucalense na longa guerra contra os mouros. Por décadas a fio, cansado, insone ou ferido, o invencível Bandeira nunca deixara a bandeira despregar-se de suas mãos. A vitória definitiva aconteceu quando os portugueses conquistaram o Tejo, e só então o guerreiro julgou-se no direito de tomar banho. Pela primeira vez, depôs a bandeira. Eufórico, de roupa e tudo, atirou-se às águas do rio — e morreu afogado. Não sabia que, antes, precisaria ter aprendido a nadar. Por sorte, deixou muitos descendentes e eles carregaram seu nome pelos séculos. Sua tetratetratetraneta, a morena e quase moura Eduarda, também carregava uma bandeira. Mas essa era só sua.

Nascida em Lisboa e filha de pais viajados e aventureiros, fora educada em Amsterdã, Pequim e Istambul. Tinha forte interesse pela literatura. Pelos literatos, então, nem se fala. Dizia-se que, em 1887, na Itália, aos dezesseis anos, fora discípula de Gabrielle D'Annunzio, com quem teria aprendido uma misteriosa técnica de sedução chamada pompoarismo. Em 1892, na França, aos vinte e um, namorara o quase imberbe Alfred Jarry, dois anos mais novo — pouco depois, ele daria a um personagem o nome pelo qual ela o chamava nos momentos íntimos: Ubu. Em 1895, na Espanha, aos vinte e quatro, seduzira o folhetinista Michel Zevaco, que se inspiraria nela para criar seus tremendos personagens femininos, como a Fausta de *Os Pardaillans* e a Ana de Lespars de *A heroína*. Dizia-se também que Eduarda ia a Paris com frequência encontrar o velho Eça, e que na morte deste, em 1900, posara com os seios nus para o monumento que Bilac visitara em Lisboa, quando a vira pela primeira vez.

De onde vinham tantas informações? Ela não as confiara a Bilac e, antes dele, não se sabia de ninguém no Rio que a conhecesse. Alguns suspeitavam que a própria Eduarda deixara vazar seu currículo, real ou imaginário, para que nenhum daqueles beberrolas balofos se metesse a gato-mestre com ela. Se alguém lhe perguntava sobre D'Annunzio ou Zevaco, falava com *panache* de sua amizade com eles, mas deixava um quê de mistério sobre o alcance dessa amizade.

A única informação que confirmava era o motivo de sua vinda para o Rio: a chicotada no rosto de um nobre herdeiro português, de quem se separara havia meses.

Inconformado com o rompimento, ele a atormentara para reatarem. Finalmente, convidara-a para uma cavalgada em Sintra e, em meio ao passeio, tentara arrastá-la para os vinhedos. Eduarda, porém, se desvencilhara e zebrara-lhe o rosto com o chicotinho de montaria. Com o lanho vermelho dividindo-lhe a face, o nobre luso, para castigá-la, dera-lhe duas opções: o degredo no Brasil, com todas as despesas pagas, ou a morte. Eduarda achara mais saudável a primeira opção. Por isso ali estava ela, na Colombo, tomando Napoléon e beliscando *madeleines*, depois de sua visita diária às modistas de luxo da rua do Ouvidor.

Em sua segunda ou terceira excursão à Colombo, já desacompanhada de Bilac, Eduarda começou a mostrar interesse pelo dirigível de José do Patrocínio. Nenhum daqueles espécimes de plantão, como Guimarães Passos, Emílio de Menezes, Bastos Tigre ou Martins Fontes, sabia grande coisa. Patrocínio evaporara-se das ruas e os abandonara, disseram. Passava semanas trancado no hangar, ao qual, por sinal, nunca os convidara. Hangar esse que [*num coro de despeito*] não tinham a menor curiosidade de conhecer — a ideia de ir a Todos-os-Santos ver um esqueleto de balão parecia-lhes tão sem sentido quanto um fim de semana em Cachoeiras de Macacu. Patrocínio, que antes era de todos, tornara-se propriedade particular de Bilac [*mais despeito*]. Só Bilac entrava e saía do hangar a qualquer hora e era o único com quem Patrocínio marcava encontros longe da Ouvidor, sempre em lugares diferentes, para informá-lo dos trabalhos.

A perfídia e a beleza de Eduarda Bandeira registraram a informação.

Patrocínio mandou um estafeta à casa de Bilac, na rua Dois de Dezembro, no Flamengo, convidando-o para almoçar no Hotel de France, junto ao Arco do Telles. Precisava vê-lo com urgência. Bilac despachou de volta o moleque, confirmando o almoço. Ao meio-dia já estavam sentados no salão do primeiro andar, perto da varanda que dava para o cais. O restaurante, com seus garçons falando francês e com os marrecos recheados quase lhes saltando dos pratos, era o cenário ideal para discutir dirigíveis. Infelizmente Patrocínio não tinha boas notícias. Por falta de dinheiro, o *Santa Cruz* estava novamente em perigo. A dotação do governo já se acabara. Sem fundos para comprar lenha, Patrocínio temia ter de usar seus livros e até as roupas da família para continuar alimentando o forno em que soldava o alumínio.

Esse detalhe estomagou Bilac de tal forma que a farofa de miúdos do marreco engasgou-se-lhe na glote e ele só a desencalhou à custa de goles de vinho e de tapas nas costas dados por um garçom. Como era possível a um simples homem prosseguir no seu ideal diante de tamanhos obstáculos? — amargurou-se Bilac. A seu ver, Patrocínio já não era um herói, mas um mártir. E voltou a engasgar-se quando o amigo lhe falou de um chiste infame pronunciado na véspera por um senador, em plena tribuna, a respeito de um projeto do governo fadado ao fracasso: "É como o balão do Patrocínio. Não decola".

Patrocínio narrou-lhe o caso com lágrimas nos olhos. Era injusto. O *Santa Cruz* passara do sonho à realidade em menos de um ano, tempo mínimo no Brasil para um projeto daquela envergadura. Não podiam exigir mais dele, a não ser que o ajudassem. No desespero, já estava pensando em pedir dinheiro a Francisco Casimiro da Costa, o "Mãozinha", concessionário de uma empresa de bondes, a Carril Carioca. "Mãozinha" tinha esse apelido não por ser um dos bolinas que importunavam as mulheres nos seus próprios bondes, mas por um defeito congênito que fazia sua mão direita lembrar um mocotó. O problema, dizia Patrocínio, era que "Mãozinha" poderia exigir sociedade no *Santa Cruz* e, no futuro, querer explorá-lo como meio de transporte de carga. Ele não suportaria ver o seu invento sendo usado para transportar galináceos e hortifrútis para os subúrbios.

Bilac tomou o último gole de café e pagou a conta. Se o tivesse, poria dinheiro de seu bolso no sonho de Patrocínio. Mas seus rendimentos eram os de um escritor e poeta — permitiam-lhe viver bem, embora sem luxos. Não era casado, não tinha família para sustentar e morava sozinho numa casa cujo único excesso, além dos livros, eram os divãs turcos, os jarros e bibelôs de porcelana e uma vistosa tapeçaria francesa pendente do teto. O que lhe permitia às vezes dar uns bordejos pela Europa eram os seus livros de história do Brasil para crianças. Nenhuma quantia que oferecesse a Patrocínio ajudaria o *Santa Cruz* e, por menor que fosse, levá-lo-ia à falência. Mas sua pena tinha valor — e ela estava a serviço do amigo.

No dia seguinte, Bilac voltou à carga na *Gazeta de Notícias* com uma crônica em que açoitava os insensíveis à grandeza do *Santa Cruz*. Dessa vez não se limitou a empilhar adjetivos e hipérboles — empilhou também fatos.

Somente na carcaça do dirigível, escreveu, Patrocínio gastara mais alumínio do que todo o alumínio então existente no Brasil. As cordas de piano com que estava prendendo os equipamentos dariam para Carlos Gomes ter composto dez versões diferentes de *O guarany*. Seus operários cumpriam doze horas de trabalho por dia e muitas vezes só se alimentavam porque a gente do bairro ia levar-lhes marmitas. Sua esposa, dona Bibi, e as vizinhas passavam o dia cosendo as grandes peças de seda que iriam recobrir a nave. Mas o dinheiro era curto e não seria surpresa se, para pagar os fornecedores, Patrocínio tivesse de fazer o que muitos estavam fazendo no Rio: sair caçando ratos, para capturá-los e vendê-los ao novo diretor do Serviço de Saúde, Oswaldo Cruz.

Uma súcia de mesquinhos e ingratos, eis o que éramos — vergastou Bilac. Em contrapartida, acabara de saber que Santos-Dumont tomara um navio em Calais e estava a caminho do Rio para conhecer o dirigível de Patrocínio. Como se não bastasse — continuou —, ele próprio, Bilac, percebera o interesse com que os aeronautas franceses tinham ouvido seu discurso sobre o *Santa Cruz*, num jantar oferecido havia pouco pelos condes d'Eu, em Paris. Interesse até suspeito: um dos aeronautas tomava notas disfarçadamente no punho da camisa, com uma pena que molhava no vinho tinto. Pois só faltava essa — que a França, já tendo quase se apoderado de Santos-Dumont, viesse tomar o lugar do Brasil nessa empreitada que devia ser toda brasileira.

E, como dirigindo-se a Patrocínio, mas na verdade esbravejando para os céticos, esnobes e parasitas insignes, arrematou:

"Deus não te há de abandonar, servidor do Ideal! Tu pairarás na tua aeronave, sobre as cabeças e sobre a nossa indiferença. E, no dia do triunfo, haverá, na tua boca, um riso bom de perdão e de esquecimento — o riso dos entes superiores, que não se deixam ofender pela protérvia imbecil dos medíocres."

Mais uma vez, na Colombo e nos cafés, a crônica passou por muitos pares de olhos. Só que, dessa vez, a principal reação foi a do poeta Emílio de Menezes:

"Sei muito bem o que significa 'imbecil'. Mas o que é 'protérvia'?"

Em seu apartamento no magnífico Hotel Carson's, na esquina de rua do Catete com Corrêa Dutra, Eduarda Bandeira também não sabia o significado da palavra "protérvia". Mas entendeu a mensagem de Bilac: Patrocínio estava em águas de bacalhau — quebrado e com dificuldades para conseguir mais dinheiro. Por um lado, pensou, isso favorecia suas intenções de roubar-lhe os planos. Por outro, Bilac, mais esperto do que parecia, já estava alerta para o interesse de Deschamps e Valcroze pelo dirigível. Donde, não lhe bastaria usar Bilac para penetrar no hangar. Teria de conquistá-lo para impedir que se metesse e a atrapalhasse.

Eduarda Bandeira também era ainda mais esperta do que parecia e só uma parte da história que contara na Colombo era verdadeira. Ela realmente dera a chicotada no rosto de Nuno Varejão, filho meio estarola do conde da Lagarteira, e ele a mandara escolher entre o exílio e a morte. Eduarda optara pelo exílio, mas Nuno não lhe prometera o sustento. Contando os últimos escudos na algibeira, Eduarda fora para Paris. Lá encontrara seus amigos Deschamps e Valcroze, dois simpáticos aldrabões que se dedicavam a gastar o dinheiro de suas famílias em inventos sem futuro. A última façanha da dupla fora uma bicicleta a vapor, que não dera certo porque o fogo exigido pela caldeira ficava muito perto do selim. A partir dali, resolveram que só iriam interessar-se por projetos já em andamento. Ao saber do dirigível do brasileiro Patrocínio, decidiram roubar-lhe os planos e produzir um protótipo — que leiloariam entre as potências estrangeiras e de que venderiam flotilhas inteiras para quem desse o lance mais alto.

No jantar do conde d'Eu, os dois se lembraram de como Eduarda era perfeita para a missão: linda, safa e sem tostão. Sua presença no Rio, onde metade da população era de portugueses, seria considerada normal. Já a de dois jovens franceses interessados em dirigíveis seria, no mínimo, estrambótica. Foram procurá-la no humílimo Hotel d'Alsace, na rue des Beaux-Arts, em Saint-Germain. Era o único albergue ao alcance de sua bolsa, e mesmo assim porque o proprietário, *Monsieur* Dupoirier, gostava de acolher artistas em desgraça (fora no Alsace que, havia três anos, depois de longa agonia, morrera Oscar Wilde).

Eduarda ouviu com atenção a proposta de Deschamps e Valcroze. Parecia um trabalho simples. Primeiro, voltaria incógnita para Lisboa e, para não despertar suspeitas, tomaria lá o navio em que Bilac estava indo para o Rio. Aproximar-se-ia dele e ganharia a confiança de Patrocínio. Num prazo máximo de dois meses roubaria os planos do dirigível e os contrabandearia para Paris. Antes disso, porém, bancada por Deschamps e Valcroze, faria um enxoval completo na *haute couture* da rue Saint-Honoré e embarcaria com dinheiro suficiente para passar por milionária no Rio. Na volta, caso fosse bem-sucedida, eles a sustentariam por um ano onde ela quisesse e ainda lhe dariam uma participação na venda do dirigível. Eduarda aceitou a proposta. E, para não perder tempo enquanto tinha suas formosas medidas tomadas nas casas de costura, dedicou-se a ler a obra de Olavo Bilac.

7

Em 1903 Bilac já escrevera os versos mais sensuais da poesia brasileira. Seus sonetos eram uma transpirante exaltação do desejo e só falavam de seios, bocas, beijos, pelos, cheiros, corpos nus. Tinha uma obsessão por longos cabelos negros que, soltos, enroscavam-se nas carnes suadas dos amantes. Suas leitoras deviam ficar com as sarças em fogo diante de imagens como "Dormes, com os seios nus, no travesseiro/ Solto o cabelo negro... e ei-los, correndo/ Doudejantes, sutis, teu corpo inteiro.../ Beijam-te a boca, tépida e macia/ Sobem, descem, teu hálito sorvendo.../ Por que surge tão cedo a luz do dia?". Cáspite! Ou: "Quero-te inteiramente/ Nua! Quero, tremente/ Cingir de beijos tuas róseas pomas/ Cobrir teu corpo ardente/ E, na água transparente/ Guardar teus vivos, sensuais aromas!".

Quem o lesse diria que Bilac era um militante do sexo, um alpinista das mais altas mulheres. A própria Eduarda sentia um assanhamento em suas glândulas ao virar de cada página. Mas os amigos do poeta o conheciam melhor: Bilac guardava todo o seu *élan* para a poesia.

Ninguém jamais soubera que experimentasse nem sombra dos delírios que descrevia em seus sonetos. Os únicos seios que tocara com a boca havia sido muito, muito tempo antes, e mesmo assim para fins estritamente alimentares. No Rio, nunca fora visto junto às polacas da praça Tiradentes. Em Paris, deixava-se levar aos bordéis de Pigalle e se entregava alegre às libações das antessalas, o que incluía banhar-se com *champagne*, mas nunca escoltara uma *cocotte* ao *boudoir*. Na vida real, não se lhe conheciam *flirts*, amantes ou namoradas. Era um solteirão convicto.

É verdade que fora noivo duas vezes. Primeiro, de Amélia, também poetisa — ele, dezoito anos; ela, quinze. Amélia era irmã do poeta Alberto de Oliveira, amigo de Bilac. Mas Juca, o irmão mais velho da menina, detestava-o e o proibiu de frequentar-lhes a casa em Niterói. Durante cinco anos, Bilac e Amélia protagonizaram um romance basicamente epistolar, com uma sofrida troca de cartas e sonetos pelo correio. Dizia-se que, em uma ou duas visitas clandestinas a Niterói, ele chegara a tomar-lhe as mãos. Mas há dúvidas: mesmo nas cartas, a cerimônia era tanta que Bilac a chamava de "dona Amélia" e, ao assinar-se, declinava por completo: "Seu noivo, Olavo Bilac". Em 1888, Juca venceu. O noivado foi desfeito. Amélia nunca mais se casou. No mesmo ano, Bilac conheceu Maria Selika, filha do violinista português Pereira da Costa, e, sem pensar, pediu-a em noivado. Poucos meses depois, ele a liberou do compromisso. Dera-se conta de que Maria Selika era a mulher mais insípida que já vira. Até aquele dia, ela nunca lhe dissera nada mais romântico do que "Boas tardes, senhor Olavo" e "Aceita mais um pouco de ovos-moles?".

Eduarda não sabia desse histórico. Para ela, Bilac, o poeta da Carne, era um lúbrico, um lascivo, um luxurioso. Um homem assim deveria ter as mulheres aos seus pés, razão pela qual armara uma estratégia para deixá-lo bem excitado.

Em Lisboa, descobrira que ele se hospedara no Hotel Bragança e soube que iria à estátua do Eça. Seguira-o até o monumento e fingira não vê-lo, mas certificara--se de que Bilac lhe prestasse bastante atenção. A bordo do paquete, passara os dez primeiros dias exibindo-se para ele, e só na chegada ao Rio deixara que lhe dirigisse a palavra. A partir daí, eliminara as barreiras. Circulava com Bilac pelos cafés e confeitarias cariocas, para conhecer gente e tatear a situação. Ele fora, até então, rigorosamente respeitoso: nem a mais leve insinuação, nenhuma palavra mais suspeita, nada que indicasse algum interesse escuso.

Depois da primeira ida juntos à Colombo, ele a acompanhara de volta ao Carson's. Eduarda aproveitara a capota fechada do tílburi e as pequenas dimensões do assento para deixar que sua coxa roçasse a de Bilac durante o percurso. Em outro momento fizera com que sua mão também tocasse de leve a perna de Bilac. Mas, se ele o percebeu, não se deu por achado. Ao chegarem ao Carson's, o galante Bilac descera para ajudá-la e a conduzira à recepção. Ali, apenas beijara-lhe a mão e se despedira.

Eduarda pensava nisso com uma ponta de irritação quando o mensageiro do hotel veio trazer-lhe um cartão. Era Bilac, convidando-a para jantar naquela noite. Eduarda aceitou, e às oito em ponto ele foi buscá-la. Meio de farra, alugara um cupê com cocheiro de farda azul-marinho e puxado por dois cavalos patudos — tudo para levá-la ao Café da Armada, na Ouvidor, mais famoso pelo exotismo das garçonetes japonesas e da orquestra feminina do que pela excelência do pasto. Se Eduarda esperava que, do jantar, florescesse uma atmosfera romântica, bastou-lhe olhar em torno para concluir que o ambiente era mais propício a patuscadas idiotas. Para não perder a viagem, perguntou-lhe sobre Patrocínio e, com uma carinha deslumbrada e louçã, deu a entender que adoraria conhecê-lo.

Ao ouvir o nome do amigo, Bilac se empolgou. Contou-lhe as façanhas do "Tigre", falou de seus arranca-rabos com o marechal Floriano (que tinham valido a Patrocínio meses de desterro em Cucuí, no Amazonas), e fez crescer a sua curiosidade sobre o homem que ela deveria assaltar. Mas, todas as vezes que Eduarda insinuava que ele a levasse ao hangar, Bilac mudava de assunto e perguntava-lhe alguma besteira sobre os escritores com quem ela privara: "É verdade que Bernard Shaw já tinha mais de trinta anos quando conheceu uma mulher?".

A superioridade de Bilac e sua aparente indiferença sexual por ela começavam a incomodá-la. Estava habituada a ser objeto de cortes e rapapés, a que homens fortes e inacessíveis se jogassem ao chão para que ela lhes pisasse as costelas com as botas de salto. O que esse poeta brasileiro enxergava em si mesmo para ignorá-la? Julgava-se por acaso irresistível, a ponto de não tomar iniciativas? Na intimidade do carro que os levou de volta ao hotel, ela resolveu atacá-lo por seu flanco mais exposto: a vaidade de homem.

"Sabes, Olavo", disse, com uma inflexão tíbia que não parecia sair de sua boca, mas de um ventríloquo invisível. "Muitos homens me quiseram, mas dei-me a poucos — apenas aos melhores. E também houve vezes em que fui tola e me enganei. Em jovem deixei-me seduzir por um espanhol que se dizia descendente de Cervantes. Tinha dinheiro a jogar pela janela e cumulou-me de oiros e cristais. Durante um ano, fui rainha naquele palácio em Madri. Não precisava deitar água a um copo, abrir uma porta, pentear os cabelos ou fazer qualquer coisa com as mãos — havia quem o fizesse por mim. Mas que obturado e parvo era o gajo! Seu avô talvez fosse Cervantes, mas pela linha do Rocinante. Desde então descobri que só posso vibrar por um homem que me seja superior em miolos. Alguém que não se atemorize com minha beleza e independência. Que me veja como uma mulher a seus pés e, se calhar, até me ignore. Percebes?"

Sabendo-se que Bilac estava preenchendo tais quesitos um por um, o recado não podia ser mais direto. Mas, de novo, se ele o entendeu, não acusou recebimento. Na verdade, a admiração de Bilac por mulheres belas e ativas era puramente intelectual. A existência de uma Eduarda aqui, outra ali, era algo que dava um tempero ao mundo e justificava a idealização que os poetas faziam do sexo feminino. Mas Bilac nem queria pensar na possibilidade de, um dia, haver muitas mulheres como ela.

Como se não fosse com ele, apenas perguntou:

"E terá nascido o homem que consiga ignorá-la, minha cara Eduarda?"

"Sim, e ele me surgiu onde e quando eu menos esperava."

Bilac fez-se de desentendido — se é que, em algum momento, percebeu que ela estava falando dele. Vai ver, imaginou que ela se referia a mais um de seus velhos casos. Mas, antes que Eduarda analisasse essas hipóteses, o cupê chegou à rua Corrêa Dutra. Bilac ajudou-a a descer e, mais uma vez, despediu-se com um casto beijo na luva da donzela.

Para Eduarda, aquele beijo acadêmico, mudo e seco estalou como uma bofetada no orgulho. Suas intimidades contraíram-se num misto de frustração e ira. Pouco depois, no apartamento do Carson's, decidiu que, se Bilac era o caminho mais rápido para chegar a Patrocínio, naquela mesma noite ela trilharia incisivamente o atalho para o seu objetivo — pelos lençóis do poeta.

8

Num Rio em que não se usava trancar portas e os furtos eram uma prática reservada aos ladrões de galinha e a alguns ministros, Eduarda girou com carinho a maçaneta da casa na rua Dois de Dezembro — e penetrou. Os candeeiros da sala estavam apagados, mas o luar que entrava pelas janelas permitiu-lhe orientar-se entre os móveis sem derrubar as quinquilharias de louça. Encontrou um corredor e, na primeira porta entreaberta, deparou com o quarto de dormir. Lá estava Bilac, em sua cama encimada por um mosquiteiro de filó sustentado por quatro colunas. Dormia de touca e camisolão listrados, coberto por uma colcha de seda da cor de ouro velho.

Eduarda aproximou-se e percebeu que ele assobiava ao ressonar. O pompom da touca caía-lhe com displicência sobre a boca e os fios zumbiam de leve ao sopro do assobio. Seu *pince-nez* jazia sobre o criado-mudo, ao lado de uma minúscula *boîte à pilules*, um frasco de Xarope de Rábano Iodado, um copo com colher e um exemplar das *Fêtes galantes*, de Verlaine. Ao contemplá-lo de cima para baixo, Eduarda sorriu diante da cena familiar: um homem à mercê de seus ofícios e artes da madrugada.

Em silêncio, descalçou os sapatos, tirou o chapéu e soltou os gloriosos, intermináveis cabelos negros — do tipo que Bilac exaltava com frenesi em seus poemas. Desatou os cordões do corpete, levantou até as coxas a barra do vestido e, afastando os véus do cortinado, aninhou-se de forma quase imperceptível ao lado de Bilac, sob a colcha. O poeta mudou a tonalidade do assobio, mas nem se mexeu. Sem tocar em seu corpo, a mão direita de Eduarda imiscuiu-se sob o camisolão, orientou-se entre as dobras da flanela e, de maneira delicada mas firme, empalmou o indefeso Bilac — sem ceroulas — bem no meio das pernas finas.

Em condições normais, tal contato de carnes nuas, mesmo inesperado, costuma provocar toda espécie de sensações de prazer no receptor — aliás, muitos homens não admitem ser despertados de outro jeito. Mas Bilac, acordando de um salto, soltou um uivo duas oitavas acima do dó central, como se uma enguia tivesse abocanhado seus pudendos. A mão gelada de Eduarda contra a alta temperatura de suas virilhas fora a responsável pelo desaire.

Quando saíra do hotel para a casa de Bilac, minutos antes, ela se deixara trair pelo ameno inverno carioca e preferira não calçar as luvas, que já lhe tinham provocado um aborrecimento naquela noite. Não contara com o vento da rua do Catete, que entrava pela janela do tílburi — ele transformara suas mãos em picolés e agora ameaçava comprometer todo o trabalho de sedução.

Eduarda tentou tranquilizá-lo. Sussurrou:

"Calma, Olavo! Não te assustes! Sou eu, Eduarda!"

Bilac recompôs o camisolão sobre as partes e protegeu-as com as duas mãos. Com o coração disparado, trovejou:

"Eduarda? O que significa isto? Exijo uma explicação!"

Mas não havia como explicar, exceto prosseguindo com a bufoneria:

"A explicação és tu, Olavo, que finges que não existo!

Olho-te: cego ao meu olhar te fazes. Falo-te — e com que fogo a voz levanto! Em vão... Finges-te surdo às minhas frases..."

Bilac julgou reconhecer no discurso os versos de um de seus sonetos em *Via Láctea*. Mas ainda estava tão confuso pela situação que não conseguia raciocinar direito. Custou, por exemplo, a perceber que, enquanto falava, Eduarda tomara uma das mãos dele e a enfiara em seu decote. Ao dar-se conta do que tinha na mão, Bilac retirou-a abruptamente:

"Senhora Eduarda! Isso é um ultraje! Como se atreve a invadir-me?"

Ao responder, Eduarda deixou o vestido escorregar lentamente pelos ombros, revelando o perfeito par de seios — duas peras morenas com uma pequena pitanga vermelha em cada uma. Sua voz tinha o calor e a textura de um Porto:

"Lambe-me o ventre, abraça-me a cintura, morde-me os bicos túmidos dos seios... Corre-me a espádua, espia-me o recôncavo da axila, acende-me o coral da boca..."

Eduarda recitava agora uma estrofe de "Satânia", um poema de *Sarças de fogo*. Mas Bilac não estava comprando sua própria poesia naquela semana:

"Senhora Eduarda! Componha-se! Por que está a citar-me?"

E a satânia, boca com boca, a respiração difícil, o hálito a cem graus:

"Ferve-me o sangue! Acalma-o com o teu beijo! Ardo e suspiro! Como o dia tarda em que meus lábios possam ser beijados e, mais que beijados: possam ser mordidos!"

E Bilac, para um interlocutor invisível:

"Mas essa mulher está louca!"

Só então Eduarda começou a convencer-se de que, por ali, não chegaria a lugar nenhum. Era inacreditável — um poeta recuar ante a realização de suas próprias fantasias poéticas! Bilac parecia infenso ao apelo sexual do que ele mesmo criava. Logo ele, que escrevera "Querida! Abre essa noite embalsamada e espessa/ Desdobra sobre mim os teus negros cabelos/ Quero, sôfrego e louco, aspirá-los, mordê-los/ E, bêbado de amor, o seu peso sentindo/ Neles dormir envolto e ser feliz dormindo...". Pois ali estava ela, oferecendo-lhe seus cabelos, seus seios e seu sexo inteiro, para que ele a possuísse, a bebesse, a arrombasse por todos os poros — e ficasse escravo de seu *savoir-faire*, como todos os outros. E Bilac, para seu espanto, rejeitava-a como se ela estivesse coberta de tubérculos e furúnculos.

Por pouco não lhe perguntou: "Diz-me cá, Olavo. És maricas?". Mas não era o momento de levantar tal questão — podia ofendê-lo e perdê-lo para sempre. Além disso, Bilac tinha um *charme* de homem: másculo, viril, vital. Não entendia por que ele a repudiava.

Bilac aproveitou-se de sua confusão. Já reintegrado e senhor da cena, levantou-se da cama, pôs-se de perfil e cortou seus pensamentos:

"Senhora Eduarda, não sei que diabos a trouxeram aqui. Mas, enquanto se veste, irei à janela chamar um carro para levá-la a seu hotel."

Três minutos depois, humilhada e em silêncio, Eduarda Bandeira evitou o olhar de Bilac e entrou no tílburi. Já passava de quatro da manhã, mas ao cruzar o Largo do Machado ouviu as gargalhadas dos boêmios no Café Lamas, cujas portas nunca se fechavam. O Brasil era um país de pândegos que não faziam outra coisa senão rir e beber. E aquelas gargalhadas vindas do Lamas pareciam celebrar sua derrota.

9

O homem alto, louro e atraente por cujo braço, dias depois, Eduarda Bandeira adentrou, poderosa, a Colombo, estava habituado a que as rodas silenciassem à sua chegada. Era o padre Maximiliano da Gama, quarenta e um anos, olhos claros e caráter turvo. Via-se que era padre porque usava batina, uma batina preta com duzentos botões roxos que lhe iam do colarinho ao chão. À paisana, passaria talvez por um divo italiano de ópera a caminho de Buenos Aires, ou por um marinheiro sueco em licença no Rio. Divo porque, nas prédicas de domingo na matriz da Glória, seu sonoro barítono fazia trepidar os altares de duzentos anos e as fiéis entre oito e cinquenta e oito. E marinheiro porque vivia arregaçando as mangas e mostrando o muque — no qual ninguém se espantaria se, um dia, achassem uma tatuagem de santa Teresinha.

Mesmo suas batinas (de seda, com caimento impecável e sem uma ruga) passavam a léguas da humildade. Eram cortadas por Raunier, o primeiro-alfaiate da República, com oficina no ponto mais caro da rua do Ouvidor (num bolsinho interno, padre Maximiliano trazia sempre um lenço de cambraia perfumado). Também ficava na Ouvidor a *maison* em que o viam sempre entrando e saindo: o *atelier* Palais Royal, de *Madame* Dreyfuss, a modista com quem se dizia que punha à prova sua castidade todos os dias, perdendo sempre. Mas, se era assim, *Madame* Dreyfuss não devia ser a única a quem padre Maximiliano prestava assistência paroquial, porque mais de um marido de aspas nas testas já o ameaçara de bengaladas. Duas vezes o arcebispo o intimara a palácio para explicar-se sobre tais rumores. Mas padre Maximiliano prosseguia invicto na sua carreira de um Rocambole, um Pimpinela Escarlate da fé.

A voz que sacudia os púlpitos agitava também os cafés, recitando seus próprios sonetos (nada pios) e proclamando os mais enfáticos prós e contras literários. Padre Maximiliano colaborava nas gazetas com poemas em francês e rodapés de crítica. Entre suas admirações, quase proibitivas num padre, estavam Voltaire, Zola e Eça; entre as aversões, Machado de Assis, Rui Barbosa e Coelho Neto. Não se metia com Bilac mas, ao analisar no jornal o recente soneto de um medalhão, classificara-o de "um arroto". Em pintura, admirava Renoir, porque pintava "mulheres nadegudas". E ia ao teatro com um apito, que trilava para interromper a peça quando algo no palco o desagradava. "Quem não sabe odiar não sabe amar", era o seu mote.

Com Eduarda Bandeira, fora amor à primeira vista. Os dois tinham sido apresentados pela própria *Madame* Dreyfuss e bastara-lhes um olhar para perceber que, embora de espécies diferentes, eram pássaros que voavam juntos.

Na manhã seguinte ao fiasco com Bilac, Eduarda foi procurá-lo em sua sacristia, na Glória. Antes de dizer a que vinha, deixou-o pavonear-se à vontade. E o padre desfolhou para ela sua cauda de penas coloridas, sem se preocupar em esconder os pés.

Padre Maximiliano alimentava altas aspirações literárias. Não no Brasil, onde qualquer poetastro se autopromovia nos cafés, mas em Paris, onde, segundo ele, o mérito ainda tinha quem o julgasse. Era para Paris que pretendia zarpar em breve, com seus sonetos em francês — um sopro tropical e ardente no marmóreo e esgotado parnasianismo europeu. E, sublinhou, iria conseguir aquilo com que até Bilac sonhava, mas que não punha em prática por faltar-lhe fibra: escapar do cárcere de uma língua que ninguém lia e consagrar-se no idioma comum aos homens civilizados.

Ao ouvir essa confissão, Eduarda divertiu-se intimamente com o imenso provincianismo de Maximiliano. Podia ser galhardo e atrevido para um padre, mas era um bobo, um beldroegas, se se julgava capaz de vencer na língua de Rimbaud e Mallarmé. Tanto melhor para o que ela tinha em mente, pensou. E padre Maximiliano admitiu que ainda havia outro motivo para fazer as malas: as perseguições do arcebispo. Sabia-se na mira de seu superior e não pensava mudar de estilo. Era padre, e padre seria até no inferno, mas não aceitava certos dogmas.

"A castidade, por exemplo, está no coração, não num mísero apêndice abaixo do umbigo", disse ele, piscando para Eduarda.

Eduarda recebeu a piscada como uma senha e recostou-se convidativamente no sofá preto:

"Será assim tão mísero, padre Maximiliano?"

Padre Maximiliano sorriu, como se soubesse muito bem a resposta. A tranquilidade matinal da sacristia, quebrada apenas pelo pio distante de um bem-te-vi, estimulou-o a enlaçar Eduarda e sussurrar-lhe algo que este autor não escutou. Eduarda soltou um risinho cristalino, cheio de *sagesse*. Sua mão direita desceu pela frente da batina de padre Maximiliano, estacionou na altura do centésimo botão, desabotoou uns três ou quatro e penetrou pela abertura. Para sua nenhuma surpresa, ele também poupava-se de usar roupas de baixo. Só que, diferentemente de Bilac, não teve um fricote. Ao contrário, já estava com a espada em riste.

Eduarda tomou o nada mísero apêndice em sua mão e, com gravidade e fé quase litúrgicas, levou-o à boca. Durante cerca de dez minutos executou em padre Maximiliano um solo de incomparável virtuosismo, com prodígios de registro, modulação e fôlego. Os sons que o instrumento produzia, contudo, não eram harmônicos e melodiosos como os de um órgão ou fagote e vinham em palavras — frases inteiras, cortadas por resfôlegos de êxtase. Era padre Maximiliano, de olhos revirados, recitando os clássicos enquanto delirava de prazer:

"Infandum, regina, jubes renovare dolorem! Homo sum, humani nihil a me alienum puto! Volenti non fit injuria! Hoc volo, sic jubeo, sit pro ratione voluntas! Similia similibus curantur! Spiritus promptus est, caro autem infirma! Nunc dimittis servum tuum, Domine! [*E com um profundo gemido*] Consumaaatum est..."

Aquele latim viscoso e em golfadas fascinou Eduarda. Padre Maximiliano não era o primeiro membro do clero em sua biografia, mas o primeiro que ela via gozar com citações de Horácio e Virgílio no original — todas admitindo a culpa, mas justificando a prevaricação. Fora melhor do que a encomenda: a partir dali, embora ela se tivesse curvado para servi-lo, era ele quem estava a seus pés.

Eduarda precisou de apenas alguns minutos para acumpliciar padre Maximiliano. Ele a ajudaria a roubar os planos do dirigível de Patrocínio e, juntos, fugiriam de navio para Paris. Lá chegando, Deschamps e Valcroze saberiam recompensá-lo. E, como seus amigos eram íntimos de Proust e Gide, poderiam introduzi-lo nos meios literários. Para padre Maximiliano era como se a providência divina tivesse vindo em seu socorro. E, entre os benefícios de aliar-se a Eduarda, ele arrolava ainda as duas semanas em alto-mar com aquela mulher que era sinônimo de volúpia.

O primeiro passo, ela explicou, era se aproximarem de Patrocínio. Precisavam conquistar sua confiança e fazer com que ele os recebesse no hangar a horas mortas, sem a presença dos operários. Uma vez lá dentro, imobilizariam Patrocínio, arrebatariam os papéis e poriam fogo no hangar. O aeronauta morreria, o dirigível seria reduzido a cinzas e a papelada, dada como perdida. O enorme incêndio seria atribuído aos inflamáveis estocados por Patrocínio e sua morte o transformaria em mais um santo da aeronáutica. Enquanto isso, eles fugiriam para a ilha do Governador, onde se esconderiam numa casinha alugada de um pescador. Lá esperariam pela partida do vapor *Finistère*, ao qual chegariam de lancha, embarcando sob nomes falsos, o padre em roupas civis. Os planos do dirigível "ressurgiriam" pouco depois em Paris, assinados por Deschamps e Valcroze — e quem poderia provar de onde tinham saído?

Só então, ao perceber a astúcia de Eduarda, padre Maximiliano se deu conta da embocadura da mulher que comera da sua carne e bebera do seu sêmen.

O ardil era perfeito e a primeira etapa, iniciada no dia seguinte, foi fácil. Padre Maximiliano, que se dava com Patrocínio à distância (e pelo qual nunca disfarçara seu desprezo), mandou um coroinha à casa dele no Engenho de Dentro convidando-o para um encontro na Cidade no menor prazo possível. O bilhete trazia uma vaga sugestão de que o arcebispado do Rio poderia colaborar com certa quantia para o dirigível. E, como o assunto merecesse reserva, o padre sugeria um lugar fora do bru-ha-ha da Ouvidor: o Bar do Necrotério, a *brasserie* dos alemães no Largo da Carioca. O bar, também chamado de Chopp dos Mortos, tinha esse nome por ficar pegado ao necrotério do Hospital da Ordem Terceira e, às vezes, o recinto ser tomado por um cheiro agudo de formol. Pela volta do coroinha, Patrocínio aceitou o convite.

Dois dias depois, entre canecões de cerveja reabastecidos a cada cinco minutos, os dois discutiram os termos da doação — Eduarda, prudentemente, não compareceu. Padre Maximiliano estava abismado com a capacidade alcoólica de Patrocínio: o negro virava de um só gole aquelas enormes canecas de louça sem se alterar, enquanto ele, tentando acompanhá-lo, já estava louco para ir lá dentro. Apesar de fisicamente angustiado, padre Maximiliano foi convincente:

"O arcebispo quer contribuir para que o seu sonho

se torne realidade, Patrocínio", disse, lambendo a espuma para disfarçar o esgar da falsidade. "Daí encarregou-me de oferecer-lhe vinte contos de réis — desde que eu me convença de que o dirigível já existe em embrião e não é apenas uma ficção sua e do Bilac. Para isso, terei de visitar o hangar e fazer uma avaliação pessoal. Será preciso também que você me mostre os planos e os explique detidamente."

Patrocínio, mal acreditando no que ouvia, fechou os olhos para saborear a oferta. Foram só alguns segundos, que, ao padre, com a bexiga a ponto de estourar, pareceram horas. O aeronauta finalmente despertou do transe e disse com voz pausada:

"Desde que Nilo Peçanha e Serzedelo Corrêa lutaram por meu dirigível no Congresso, é a primeira vez que recebo ajuda espontânea, padre Maximiliano. [*Descendo a voz a um baixo profundo*] Por sorte, a generosidade de alguns homens pode fazer frente ao egoísmo de milhares. [*De volta ao tom normal*] Diga ao senhor arcebispo que aceito comovido a oferta e que meu dirigível está à disposição para exame."

"Ótimo!", exultou padre Maximiliano, embargado e já quase se molhando. "Que tal — ugh! — esta noite às oito?"

"Estarei à sua espera", respondeu Patrocínio.

Padre Maximiliano nem se despediu. Saiu correndo para o mictório e, ao aliviar-se, nunca um dia lhe pareceu tão ensolarado quanto naquele cubículo a meia-luz.

10

Para não despertar suspeitas, padre Maximiliano (à paisana) e Eduarda dispensaram o tílburi a duzentos metros do hangar e atravessaram a pé, no escuro, o descampado que levava até ele. O caminho, agora, era sem volta. Poucas horas antes, à tarde, um fato novo tornara irreversível a decisão do religioso de abandonar o Rio, o Brasil e, quiçá, a própria Igreja. O arcebispo o chamara a palácio e ordenara que levasse Eduarda Bandeira com ele. Dessa vez, a descompostura fora exemplar:

"Seu comportamento me envergonha perante os homens e perante Deus, padre Maximiliano", disse o arcebispo. "Parece-me que, em vez da batina, cair-lhe-iam melhor umas calças. E [*contemplando as roupas masculinas e a bengala de Eduarda*], à senhora, umas saias."

Ameaçado de suspensão das ordens e com a alma condenada em todas as instâncias, padre Maximiliano decidiu que, junto de Eduarda, até o inferno lhe seria refrescante. E havia o roubo dos planos, que lhe garantiria a independência em Paris e não tinha por que falhar. Enquanto o hangar se consumisse em chamas eles sairiam correndo para a estação do Meyer, onde outro tílburi, já contratado, estaria à espera para levá-los à distante praia do Engenho da Pedra, em Olaria. Ali tomariam um barco para a Ponta do Galeão, na Ilha do Governador, e ficariam quietos por uns dias, indiferentes à comoção pela morte de Patrocínio. Quando alguém desse por falta deles na Ouvidor (não havia por que associá-los ao sinistro), já estariam a bordo do *Finistère* ou mesmo em Paris. Para todos os efeitos, o ex--padre teria apenas fugido com a mundana.

* * *

Pela porta entreaberta do hangar saía um feixe pálido de luz. Às oito horas, Eduarda e padre Maximiliano entraram por ela, tateantes — e, mesmo sob a iluminação difusa, o que viram deixou-os maravilhados.

Um charuto verde e amarelo, de seda envernizada, ocupando quase todo o comprimento e a largura do hangar, preso por cordas a ganchos e estacas fincados no solo, flutuava sobre suas cabeças. Dançava à brisa que entrava pela porta e parecia de uma leveza incompatível com seu tamanho — era como se pudessem deslocá-lo com o dedo mindinho, se o alcançassem. Parecia uma coisa de circo ou de parque de diversões, embora fosse um produto da ciência, da inteligência humana — no ar, tanto poderia ser o veículo de maravilhosas descobertas como da morte e da destruição. De toda forma, era lindo. Seria mais lindo ainda se algum dia lhe fosse permitido voar.

No chão de terra batida ou sobre cavaletes de madeira, pelos quatro cantos do galpão, descansavam outros apetrechos também impressionantes: dois motores Clément-Bayard, cujas engrenagens cheias de olhos e dentes lembravam as carrancas do rio São Francisco; uma hélice de metal, com sua forma retorcida a fogo; a grande quilha de bambu trançado, tão extensa quanto o balão; a barca de vime, com capacidade para muitas pessoas — tudo ainda desmontado, como peças soltas de um *puzzle*, ao lado de folhas de alumínio, rolos de corda e instrumentos de fundição. O dirigível de Patrocínio era uma realidade.

Padre Maximiliano e Eduarda Bandeira caminhavam tão deslumbrados entre aqueles ogres mecânicos que, a princípio, não estranharam o fato de Patrocínio não estar à vista.

Foram despertados por uma voz familiar — sonora, de açúcar, a dicção perfeita à força de tanto recitar poesia. Pertencia a um dos dois homens que saíam de detrás de um tonel e avançavam em direção à luz:

"Eduarda Bandeira e padre Maximiliano da Gama. Feitos um para o outro. De um lado, a beleza e a perfídia. Do outro, será, por acaso, o manto negro do abutre? Talvez *Madame* Labiche, minha vidente parisiense, enxergasse melhor do que eu pensava."

Era Bilac, naturalmente, e a seu lado estava Patrocínio. Eduarda e padre Maximiliano levaram um susto: não esperavam pela presença intrometida do poeta. Mas o padre tirou, rapidamente, sua melhor carta da manga:

"O que está fazendo aqui, Bilac? Viemos negociar com Patrocínio uma doação do arcebispado."

"Por que não negociar direto uma doação de *Messieurs* Deschamps e Valcroze, padre Maximiliano? Se eles querem tanto o invento de Patrocínio, deviam reservar-lhe parte de suas fortunas", disse Bilac.

Apanhados de surpresa pela menção daqueles nomes, os dois titubearam. Bilac continuou:

"*Les jeux sont faits*, meus caros. Recebi hoje pela manhã uma carta de Santos-Dumont. Dentro de dois ou três dias ele estará no Rio, onde será objeto das homenagens de seu povo. Mas teve tempo de escrever-me, antes de embarcar no *Atlantique*. Parece que Deschamps e Valcroze circulam por um meio restrito em Paris e deixaram escapar informações que chegaram aos seus ouvidos. Falaram também de uma bela agente portuguesa que teriam enviado ao Rio. Será a nossa irresistível Eduarda? Esta tarde Patrocínio foi à Colombo contar-me sobre sua espantosa oferta, padre Maximiliano. A coisa me intrigou: desde quando a Igreja se interessa pela ciência? Em seguida, soubemos que o padre e a portuguesa tinham sido vistos juntos nos últimos dias — e não nos foi difícil somar A mais B. Então resolvi dar um pulo até aqui para celebrar com meu amigo a doação do arcebispo — se é que ela existe."

"Você está imaginando coisas, Bilac", insistiu padre Maximiliano, com a sensação de que um gafanhoto acabara de penetrar em sua boca.

"Em absoluto, padre Maximiliano. Ou devo chamá-lo de ex-padre?", ironizou Bilac. "Poeta, nunca foi. Mas a batina, de certa forma, o redimia. Ainda terá o atrevimento de usá-la? E como esperam desviar os planos do dirigível para Paris? No bico das gaivotas? Amanhã bem cedo pretendo fazer uma visita ao chefe de polícia Severo Pinto. Apesar das lentes escuras do *pince-nez*, ele saberá enxergar com clareza o odioso ardil e tomar providências. Quanto a dona Eduarda Bandeira, só a vejo de volta ao navio, com suas roupas *à la garçonne*, seus atributos de sedução e sua falsidade."

Padre Maximiliano não o interrompeu. À menção do nome de Eduarda, Patrocínio, que ouvia Bilac quase hipnotizado, procurou-a com os olhos. Não a encon-

114

trou. Enquanto Bilac falava, Eduarda esquivara-se por detrás de uma coluna e estava agora às costas do poeta. Bilac ouviu um ruído e virou-se. Mas a única coisa que viu foi um clarão cravejado de estrelas, uma constelação de vaga-lumes fosforescentes, uma farândola de cataventos rodopiando — e, de repente, não viu mais nada.

Bilac desabou à bengalada que Eduarda lhe aplicou na cabeça. Padre Maximiliano atirou-se sobre Patrocínio com todo o seu peso e o derrubou, enquanto Eduarda pegava um rolo de corda ali perto. Patrocínio debateu-se, mas não tinha força para enfrentar padre Maximiliano. Este o segurou no chão e Eduarda amarrou-lhe as mãos por trás. Bilac, inconsciente, foi deixado caído.

O casal não precisou perguntar a Patrocínio onde estavam os planos. Uma bela escrivaninha Luís xv, de mogno, em total desacordo com o ambiente, estava à direita da entrada do galpão e só faltava cantar para que eles a vissem. Com um pé de cabra arrombaram sua tampa e, tão certo quanto o Sena corre para o mar, lá estavam os rolos de papel, amarrados com fita vermelha. Desataram as fitas, abriram os rolos e, no topo de cada folha, sobre os cálculos, os desenhos e os diagramas, lia-se perfeitamente: *Santa Cruz*.

Agora, era consumar o crime, incendiando o hangar com Patrocínio e Bilac lá dentro. Eduarda e padre Maximiliano olharam-se por um segundo — nenhum dos dois, até então, havia matado. Em criança Eduarda cometera barbaridades, como arrancar asas de borboletas e tentar seduzir o próprio avô. No seminário, padre Maximiliano punha rabo na batina dos professores e, depois de ordenado, levara inúmeras fiéis para o claustro escuro. Mas matar era diferente — no mínimo, um dos poucos mandamentos que ele ainda não transgredira. No rosto de Eduarda, no entanto, estava escrito: a única maneira de se safarem era pondo fogo no galpão.

De um peteleco, padre Maximiliano varreu da cabeça o último vestígio de piedade. Tirou de um prego um lampião aceso e o atirou contra a quilha do dirigível. Enquanto os dois corriam para a porta, as chamas pegaram no madeirame, rumo ao balão cheio de hidrogênio.

Patrocínio, com as mãos amarradas às costas, tentava pôr-se de pé, sem conseguir. Seus gritos e o ruído crepitante do fogo não despertavam Bilac. Ao levar a pancada na cabeça, Bilac vira estrelas e agora sonhava com Paris.

Sonhou que estava passeando pelas ruas de Montparnasse numa tarde de inédita claridade. À sua volta, o verde dos castanheiros lutava folha por folha com o vermelho dos carvalhos pela supremacia da beleza. Havia música no ar: eram quartetos de pardais, gorjeando no céu do boulevard. Em resposta, ali perto dobravam os sinos da igrejinha de Notre-Dame-des-Champs. Bilac viu-se caminhando ao longo dos cafés. Das mesas nas calçadas, seus pares do parnasianismo o reconheciam e cumprimentavam com o chapéu — Théophile Gautier, Leconte de Lisle, José-Maria de Hérédia. Mas quem saiu de detrás da estátua do marechal Ney, na place de l'Observatoire, e veio tomá-lo pela mão foi o deus supremo, aquele a quem sua geração tudo devia: Victor Hugo. Mas, como?, se Hugo estava morto havia tantos anos! Não importava. Era Hugo, velhinho e barbudo, quem o abraçava e conduzia pelas ruas floridas.

O cenário mudou, como é comum nos sonhos, e agora Hugo o guiava por um imenso descampado, que Bilac identificou como sendo Saint-Cloud, o lugar em Paris de onde saíam os balões. E, de fato, lá estava um balão à espera — um balão dos antigos, redondo, à Júlio Verne. Com a maior naturalidade, Bilac entrou sozinho na barca. Hugo soltou as amarras e o objeto começou a subir de mansinho. Bilac olhou para baixo e viu Hugo, em terra, dando-lhe adeus. Acenou de volta, mas Hugo estava diminuindo, reduzindo-se a uma pulga, até sumir. Com a altura, toda a planície ficou à vista e, mais um pouco, era cercada por lagos, vales, picos, precipícios — e logo esses também foram ficando indistinguíveis. De repente, o balão ganhou velocidade na subida e começou a atravessar lajes de nuvens, uma a uma, até que, em rápida sucessão, a Terra se tornou uma colcha de retalhos, um globo, um grão de areia, e também desapareceu.

Agora Bilac podia ver as estrelas de cima para baixo, como ninguém jamais as vira. Não só estrelas, como sóis, luas, planetas com anéis e todos os corpos celestes que enriqueciam sua poesia. O balão continuava subindo, mas ele não sentia medo. Parecia saber aonde ia e quando chegar. De súbito, penetrou numa zona de noite absoluta, que custou a passar. Quando afinal se fez luz, o balão saiu ao pé de uma montanha azul, sustentada sobre o nada. E, no pico dessa montanha, Bilac finalmente o viu: sentado num trono, com uma lira nas mãos, o jovem alto, belíssimo, de serena fisionomia. Aquele que presidia as Musas, que inspirava os poetas, os músicos e os adivinhos. O deus a quem chamavam Apolo. Bilac suspirou: chegara ao Parnaso. Mas foi curta a sua permanência. A presença de Apolo irradiava ondas insuportáveis de calor. Bilac ouviu também gritos roucos, que pareciam vir de Apolo mas que lembravam a voz de José do Patrocínio. E, então, acordou e se viu no hangar em chamas.

Patrocínio arrastara-se pelo chão e se atirara sobre Bilac, chamando-o pelo nome até acordá-lo. O fogo já atingira os cavaletes e em pouco chegaria ao dirigível. Bilac teve tempo apenas de levantar-se, pôr Patrocínio de pé e saírem correndo do hangar. Em poucos segundos, o balão explodiu. Parte do hidrogênio inflamou-se no ato e o resto transformou-se em línguas de fogo que sapecavam as paredes, enquanto trapos de seda em chamas dançavam em suspensão.

Bilac e Patrocínio já estavam lá fora quando isso aconteceu. Sentiram apenas o estrondo que sacudiu o chão onde se tinham atirado e, a trinta metros do hangar, viram o sonho de Patrocínio transformar-se numa tocha que apontava para o céu.

11

No esconderijo da Ilha do Governador, Eduarda e padre Maximiliano leram tudo sobre si próprios nos jornais do dia seguinte. Dois artigos, um na *Gazeta de Notícias*, outro n'*A Notícia*, relatavam com pequena variação e igual indignação os acontecimentos da véspera. Para espanto de Eduarda e seu cúmplice, os dois artigos eram assinados, respectivamente, por Olavo Bilac e José do Patrocínio.

Por eles, os celerados ficaram sabendo que, ao ver ao longe as chamas em Todos-os-Santos, o cocheiro de um tílburi alertara os bombeiros de Inhaúma e estes chegaram meia hora depois de começado o incêndio. As chamas foram apagadas, mas quase nada se salvara. O dirigível se reduzira a ferragens calcinadas, o madeirame virara carvão e o próprio galpão ameaçava desabar. Bilac e Patrocínio haviam escapado "por um triz": o poeta, com um inchaço na cabeça; o aeronauta, com as roupas chamuscadas; ambos tristes e revoltados com a sórdida cupidez humana que não se furtava a sacrificar vidas em troca de benefícios pecuniários. Como protagonistas da sórdida cupidez, lá estavam os seus nomes, com qualificação e tudo: Eduarda Bandeira, aventureira internacional de origem lusa, e Maximiliano da Gama, mineiro, padre e *bon vivant*.

Por sorte, os jornais não traziam suas fotos — apenas a *Gazeta de Notícias* dera uma caricatura malfeita. Mas, a partir dali, eles estavam publicamente ligados ao caso. E, pior ainda, em vão: segundo o artigo de Patrocínio, os planos roubados no hangar referiam-se a uma versão primitiva e rudimentar do *Santa Cruz*, sem nenhum dos aperfeiçoamentos que ele, Patrocínio, já lhes acrescentara. Por isso tinham sido deixados quase à vista, no hangar. Os verdadeiros planos estavam escondidos em lugar seguro. E — dizia o artigo —, agora que Patrocínio se via forçado a encerrar sua carreira de aeronauta, iria doá-los a Santos-Dumont, cuja chegada ao Rio dar-se-ia no dia seguinte. "Quem sabe", perguntava, "o *Santa Cruz* não terá o destino da fênix, só que em outras mãos, muito mais ilustres?"

Eduarda e padre Maximiliano leram essa última informação com horror. Foram direto aos planos que haviam escondido num guarda-comida da cabana e os desenrolaram sobre uma mesa cambaia. Não entendiam patavina de dirigíveis, mas ao examinar com atenção aqueles papéis pela primeira vez, acharam difícil que mesmo uma coruja levantasse voo a partir deles. O que, à luz mortiça do hangar, pareciam desenhos e esquemas complexos, revelava-se uma mixórdia de esboços, palavras rascunhadas, cálculos pela metade e até um ou outro jogo da velha. Patrocínio não estava blefando: os papéis que haviam roubado não serviam nem para forrar a gaiola do papagaio.

Só lhes restava agora partir para o tudo ou nada. Era o seu futuro que estava em jogo e não podiam recuar. Teriam de aproveitar-se da confusão que se formaria na recepção a Santos-Dumont para pegar os planos verdadeiros.

Mas já não poderiam fazer isso sozinhos.

A ideia fora do chefe de polícia Severo Pinto. No próprio hangar, naquela madrugada, enquanto os bombeiros despejavam baldes d'água sobre os últimos focos de incêndio, ele discutira com Bilac e Patrocínio a melhor forma de chegar aos criminosos. Já mandara seus homens ao Carson's e aos alojamentos do padre, mas achava que eles não seriam ingênuos a ponto de voltar a seus aposentos. Com certeza ainda estavam no Rio, mas escondidos. Como era impossível evitar que lessem sobre o atentado nos jornais, o jeito era manipular a notícia e oferecer-lhes uma isca para que saíssem da toca. Daí a informação de que os planos roubados no hangar eram falsos, quando eram verdadeiríssimos (e Patrocínio, um projetista desmazelado).

Severo Pinto tirou o *pince-nez* de lentes escuras. Bafejou uma lente, depois a outra. Lustrou-as metodicamente com uma flanela e, com irritante calma, recolocou o aparelho no nariz (já percebera que Bilac não se conformava por não ter um igual). E só depois disso expôs sua armadilha:

"Santos-Dumont chegará depois de amanhã, 7 de setembro. Será feriado nacional e haverá um carnaval à entrada do *Atlantique*, na baía. Ao descer do navio, ele receberá do prefeito Pereira Passos a chave da cidade. De lá, irá ao Teatro Lírico, no Largo da Carioca, para a recepção solene onde Patrocínio o estará esperando para discursar em nome da Nação e — atenção agora — entregar-lhe os 'planos do *Santa Cruz*'. Depois, no Catete, Santos-Dumont será homenageado pelo presidente Rodrigues Alves e todo o ministério. Se sobreviver à maratona de discursos, terá o resto do dia livre e poderá ir às regatas, apostar nos cavalos, jogar no bicho, o que quiser.

"Essa programação sairá amanhã em todos os jornais", continuou Severo Pinto. "Se a portuguesa e o padre ousarem qualquer investida, ela se dará, sem dúvida, no Teatro Lírico. Terei homens nos corredores, nas coxias e em cada camarim. Eles não escaparão livres do teatro."

Bilac ouviu aquilo com um gosto de ruibarbo na boca. Severo Pinto não sabia com quem estava lidando — Eduarda Bandeira e o padre Maximiliano eram muito espertos para tentar uma ação ousada assim num lugar cheio de autoridades. Além disso, as lentes escuras do *pince-nez* do chefe de polícia começavam a parecer-lhe de um exibicionismo atroz. Um homem em sua posição devia dar-se um pouco mais ao respeito. Seu cargo exigia discrição e austeridade, não aquela papagaiada. Bilac pensou que não se surpreenderia se soubesse que, no Carnaval, Severo Pinto se fantasiava de clóvis e saía dando bordoadas ou esguichando limão de cheiro nos foliões.

12

Quando o *Atlantique* surgiu no horizonte, o Pão de Açúcar já ostentava uma imensa faixa colocada na véspera pelos cadetes da Escola da Praia Vermelha: SALVE SANTOS-DUMONT! O vapor ancorou perto da ilha de Villegaignon. Uma comitiva foi receber o aeronauta num *ferry* da Cantareira, escoltada por dezenas de embarcações que apitavam sem cessar. À entrada da baía, as fortalezas dispararam salvas de canhão. A cada apito ou canhonaço, os milhares de gaivotas que sobrevoavam os barcos se assustavam, seus pequenos esfíncteres relaxavam e elas despejavam a carga sobre os ombros e chapéus das pessoas lá embaixo.

A multidão recebeu o herói no cais Pharoux, jogando pétalas para o ar e gritando o seu nome — naquele momento cada brasileiro julgava-se um ser voador. Ao descer da Cantareira e pisar em terra carioca, Santos-Dumont recebeu uma chave simbólica, que beijou e entregou a um membro da comitiva. Um *champagne* estourou, bateram-se as taças. A banda do 10º Batalhão de Infantaria atacou a marcha "A conquista do ar", sucesso no ano anterior do popular palhaço, compositor e cantor Eduardo das Neves. O próprio das Neves, de *smoking* azul e cartola de seda, puxou o coro de milhares: "A Europa curvou-se ante o Brasil/ E clamou parabéns em meigo tom/ Brilhou lá no céu mais uma estrela/ Apareceu Santos-Dumont!". Palmas, hurras, foguetes e começou a série de discursos.

O primeiro foi o de uma senhorinha de touca amarrada ao duplo queixo, representando a "mulher brasileira". Depois, segundo a programação, viriam um escolar, um professor, um padre, um militar, um cientista e, se outros não se habilitassem, por fim o prefeito Pereira Passos. Conhecendo seu povo, Santos-Dumont sentou-se numa cadeirinha que lhe foi oferecida e passou a se abanar com o já famoso chapéu mole — uma de suas marcas registradas, assim como a goma no colarinho e o bigode em forma de escova de dentes. A cerimônia com Patrocínio no Teatro Lírico estava marcada para dentro de duas horas.

Enquanto Santos-Dumont desembarcava no cais Pharoux, Patrocínio despedia-se de dona Bibi com um beijo na testa e dava a volta na casa em direção a uma baia, nos fundos. Era onde guardava o cavalo que o levava à estação do Engenho de Dentro. Lá tomaria o trem até a Central do Brasil, de onde seguiria de tílburi para o Largo da Carioca. Mas nem chegou a arrear o animal. Três sujeitos horrorosos, um deles com a carantonha marcada de bexiga, tipo areia mijada, esperavam por ele no fundo da baia. Areia Mijada falou:

"Pode dar feriado pro cavalo, doutor. Já tem condução pra Cidade."

Ao ver os três homens, Patrocínio logo percebeu de quem se tratava. Usavam chapéus de palha jogados para trás; paletó solto, camisa de peito aberto e lenço no pescoço; as calças eram largas e folgadas; os sapatos, brancos, de bico fino, com tiras amarelas. Eram capoeiras — desordeiros violentos, elementos perigosíssimos, sempre armados com porretes ou navalhas. Não era comum que alguém alugasse seus serviços, mas isso também podia acontecer.

Areia Mijada, que, por ser o mais alto e ameaçador, parecia ser o chefe, ordenou:

"O doutor tem uns amigos esperando na estrada. Vamos indo."

Patrocínio nem tentou resistir ou gritar por socorro. Deixou-se levar pelo braço, fortemente apertado pelo chefe. Quem os visse de costas acharia engraçado: todos andavam gingado, bamboleando os braços: os capoeiras, porque era a característica deles; Patrocínio, porque esse era também o seu jeito de andar.

Ao chegarem à estrada, havia uma charrete à espera, de capô fechado. Dentro dela, ocupando um assento, Eduarda Bandeira e padre Maximiliano, ambos quase irreconhecíveis: ela sem pintura, de chapéu, véu e vestido escuros; ele de jaquetão e calças cinza, também de chapéu. Sóbrios, severos, a caráter para um enterro.

"Bons dias, doutor Patrocínio", disse Eduarda Bandeira. "Confesso que não esperava revê-lo. Quando o deixamos com o senhor Bilac no hangar a arder, jurava que não serviriam mais nem para um sarrabulho. Mas vamos à vaca-fria: onde estão os planos?"

Patrocínio tentou ser lógico:

"A senhora me fará o insulto de pensar que ando com eles?"

Padre Maximiliano desceu, escarafunchou-lhe os bolsos em busca de papéis dobrados e não encontrou nada. Amarrou a cara e disse:

"Já previa essa possibilidade, Patrocínio. Os planos

devem estar na Cidade. Você agora nos dirá direitinho onde os escondeu. Se disser por bem, ótimo. Se não, nossos amigos capoeiras lhe quebrarão uma perna. Se continuar resistindo, quebrarão a outra. Antes que me esqueça, apresento-lhe Rato Podre, Macumba e Corta--Beiço. São capoeiras da Ilha do Governador, ou seja, ao estilo antigo — ainda não foram corrompidos pelos bons modos da turma da Lapa e do Mangue."

Patrocínio conhecia bem a estirpe dos capoeiras. Eram mestres em quebrar braços ou pernas, rasgar barrigas com navalhas e acertar pontapés quase mortais. A própria polícia, composta de chefes de família e pais extremados, hesitava em enfrentá-los. E Areia Mijada chamava-se, afinal, Rato Podre.

"Está bem. Escondi-os num lugar em que ninguém jamais pensaria, de tão óbvio. Estão com o Lebrão, na Colombo. Não na confeitaria, mas no escritório nos fundos do anexo que eles usam como despensa. É o n° 32 da rua Gonçalves Dias."

Eduarda fez um sinal. Padre Maximiliano voltou para seu lugar. Macumba e Rato Podre empurraram Patrocínio para a charrete e ensanduicharam-se no assento em frente. Corta-Beiço pulou para a boleia e estalou o chicote. Os dois cavalos saíram a trote.

Do Engenho de Dentro ao Largo da Carioca seria viagem para uma hora, atravessando Todos-os-Santos, o Meyer, Mangueira, São Cristóvão, Praça Onze, Campo de Santana e rua do Sabão, até virar na rua Uruguaiana e chegar à Ouvidor. Mas a Ouvidor era fechada para carros, ou seja, teriam de descer e fazer a pé os cem metros até a Colombo, na Gonçalves Dias.

Durante o percurso, ninguém deu um pio. Patrocínio olhava para a cara azeda de padre Maximiliano e se perguntava por que um homem assim — branco, louro, bonito, com o poder de absolver pecadores, íntimo de Deus e cheio de mulheres — agia como se suas entranhas vivessem nadando numa bile preta. Quanto a Eduarda Bandeira, a surda perplexidade de Patrocínio era ainda maior: uma mulher como aquela era para ser um pitéu de ministros, presidentes, imperadores. Como podia estar ali, numa charrete fuleira, misturada a capoeiras e a um vigarista? Patrocínio, que só tivera uma mulher branca na vida — dona Bibi, sua senhora —, se perguntava o que faria se ela se oferecesse a ele, como fizera com Bilac. De uma coisa tinha certeza: nesse ponto, não era como o amigo.

Mas fora Bilac quem, na véspera, pusera à prova sua coragem, desafiando-o a expor-se a um sequestro pelos dois ladrões. Garantira-lhe que o risco era mínimo: eles não o matariam enquanto não se apoderassem dos planos do dirigível. Patrocínio só precisava levá-los até a Colombo — onde Bilac estaria preparado, esperando por eles. Não lhe dissera o que faria, mas dera a entender que, uma vez lá, ele, Patrocínio, estaria fora de perigo, e o casal não poderia fugir na rua interditada ao trânsito. Fazia sentido, pensou Patrocínio. Só que Bilac não previra a presença dos capoeiras. E o que era aquilo que Eduarda Bandeira estava tirando da bolsinha de crochê?

Um revólver Gallant, niquelado, calibre .22, minúsculo para caber na mão de uma senhorinha e fatal se disparado à queima-roupa.

"Não tenha medo, doutor Patrocínio", disse Eduarda. "Esta arma só lhe fará mal se não for um bom rapaz. Principalmente no percurso que teremos de fazer a pé, da esquina da Ouvidor à Colombo. E, se pensa que não sei usá-la, saiba que aprendi a atirar com Gabrielle D'Annunzio."

Patrocínio não disse nada. O gato comera sua língua e ele não tinha nada a dizer. Não havia também nenhum plano de dirigível na Colombo. O único plano era o de Bilac, que não o contara nem para o chefe de polícia e, pior: nem dissera ao policial que havia um plano.

No Teatro Lírico, Severo Pinto tirou o relógio e o consultou. Àquela altura, Santos-Dumont estaria ouvindo o discurso de Pereira Passos. Daí a pouco o aeronauta e a comitiva viriam a pé do cais Pharoux até o Largo da Carioca, atravessando a praça Quinze e a rua Sete de Setembro. Com certeza seriam seguidos por uma multidão, mas ele destacara dez homens para proteger Santos-Dumont, no improvável caso de um anarquista ou maluco resolver tentar alguma coisa.

A multidão não o preocupava. O Teatro Lírico é que seria o centro das ações e o grosso de seu efetivo já estava ali, disfarçado de porteiro, camareiro, convidado e até vendedor de balas. Assim que Patrocínio chegasse (e por que raios não chegara ainda?), seria levado para o palco a fim de ficar à vista, mas perfeitamente protegido. Todas as entradas e saídas estavam vigiadas. O padre e a portuguesa poderiam entrar — mas não sair.

Severo Pinto tirou o *pince-nez* e, com um gesto de prima-dona, aplicou a flanela sobre as lentes escuras, embora Bilac não estivesse por perto para invejá-lo.

13

A charrete chegou à esquina de Uruguaiana com Ouvidor. Todos desceram, menos Corta-Beiço, que puxou o freio e ficou quieto onde estava. Eduarda cobriu o rosto com o véu, padre Maximiliano desceu o chapéu à altura dos olhos e o grupo começou a atravessar o pequeno trecho — o padre à paisana e a mulher à frente, com os dois capoeiras atrás, ambos de braço com Patrocínio. Teriam de andar depressa. Não tão depressa que despertassem suspeitas, mas o suficiente para chegarem antes que Patrocínio, tão conhecido na redondeza quanto os vendedores de loterias, fosse identificado por algum comerciante.

Para padre Maximiliano, foi como se o percurso durasse quilômetros. Passaram pela charutaria do Pepé, o qual estava à porta, fazendo dedinhos com os polegares nas axilas, mas que não pareceu vê-los; pelo cinematógrafo de Paschoal Segreto, onde já havia uma pequena fila; pelo restaurante Petrópolis, especializado em *eisbein* com repolho; pela lojinha de cartões-postais, onde também se jogava no bicho; pela portaria do jornal *O Tempo*; e pela Camisaria Americana, bem na esquina. O grupo dobrou à esquerda na Gonçalves Dias e, cinquenta passos depois, lá estava o nº 32 — ao lado da famosa porta da Colombo, que, àquela hora da manhã, ainda não contava com as figuras de sempre.

Ao pararem diante da porta estreita do 32, Eduarda enfiou a mão direita na bolsinha de crochê e avisou:

"A arma está engatilhada, doutor Patrocínio, e apontada para as suas costas. Qualquer movimento em falso e disparo através da bolsa. Não viemos à Colombo para admirar os espelhos ou comer rebuçados."

O grupo se rearrumou — Patrocínio à frente, seguido pelo padre e pela mulher, com os dois capoeiras atrás, estes com as mãos nos bolsos dos paletós — e entrou. Para quem vinha do sol forte da rua, o salão estava quase às escuras e não havia ninguém à vista. Parecia um armazém comum, com o chão atapetado de sacos de mantimentos, prateleiras vergadas pelas latarias de importados e paredes forradas de chouriços pendendo de pregos. O olor das pimentas e canelas impregnava o recinto. Quando os olhos de Eduarda e Maximiliano se ajustaram à penumbra, viram que a dois metros de suas cabeças havia um jirau. Foi então que uma tempestade branca se despejou sobre eles.

Uma densa tempestade de farinha de trigo, formando uma nuvem de talco, cegou-os depressa demais para que eles, inclusive Patrocínio, entendessem o que estava acontecendo. Em seguida ouviu-se o ruído de corpos caindo pesadamente sobre o piso de tábuas e o som das vozes correspondentes, abafadas, confusas. Ouviu-se também um tiro. Cinco rapazes de extraordinária compleição física, muito altos, queimados de sol, com braços e mãos da largura e consistência de pás de remo, haviam pulado do jirau sobre o grupo.

Era uma guarnição de remo do Flamengo, o clube de regatas do qual Bilac era vizinho, na praia do mesmo nome. Os rapazes se chamavam Madureira, Treidler, Fortunato, Azúrem e Guedes e tinham todos uns vinte anos de idade. Fosse o Brasil um país de atletas, eles chamariam a atenção pelos músculos e nós dos ombros e pescoços, esculpidos à custa de impelir todas as manhãs as baleeiras rubro-negras pelas águas da baía. Numa terra de raquíticos, eram autênticos super-homens. Fora a eles que Bilac, por intermédio de seus amigos do Flamengo, o poeta Mario Pederneiras e o boêmio Zózimo Barrozo, pedira ajuda para resgatar Patrocínio.

A ideia da farinha de trigo também fora de Bilac, assim como a de convencer o charuteiro Pepé a ficar de olho, na porta de sua loja. Quando Patrocínio passasse, Pepé correria aos fundos da charutaria, que dava para os fundos da Colombo, e lhe faria um sinal. Bilac não imaginava que o padre e a mulher fossem contratar capoeiras como capangas, mas mesmo assim se precavera. E, agora, via que fizera bem.

Quando os remadores caíram sobre o grupo com o peso de seus corpos, Patrocínio, que estava à frente, foi o primeiro a ser jogado longe. Eduarda também caiu e disparou sua arma, sem querer e sem mirar — a bala cravou-se num bacalhau pendurado à parede. Ao varar a nuvem de farinha, os atletas não sabiam sobre quem estavam se atirando. Por sorte, seus joelhos e pernas atingiram padre Maximiliano e os dois capoeiras nos ombros e nas costelas, derrubando-os. Eram cinco contra três, e os remadores ainda tinham a seu favor o elemento surpresa.

Só que dois dos três eram capoeiras. Seu hábitat era a briga e nunca tinham ouvido falar em *fairplay*. As navalhas foram sacadas dos bolsos e, mesmo com eles ainda no chão, os rabos de arraia começaram a voar. Patrocínio aproveitou a confusão e correu para a porta dos fundos, sem saber aonde ia dar — e foi dar em Bilac, que o esperava de olhos úmidos. Padre Maximiliano, constatando pela primeira vez a inutilidade de seu muque, arrastou-se para um canto do armazém e se escondeu atrás de um saco de batatas. Dali, viu o impossível: seus capoeiras sendo surrados pelos únicos homens capazes de enfrentá-los. Macumba e Rato Podre tinham sacado as navalhas, mas os remadores, escapando às pernadas, nem lhes deram tempo de abri-las — cada soco de suas manoplas esmigalhava ossinhos e deixava zonzos os capoeiras. Padre Maximiliano procurou Eduarda e não a viu. Ela já fugira. Tratou de fazer o mesmo.

Saiu correndo pela porta em direção à Ouvidor e ao chegar à esquina de Uruguaiana quase esbarrou em Eduarda, que subia às pressas na charrete. Padre Maximiliano subiu também e gritou para Corta-Beiço que azulassem dali. O capoeira vibrou o látego açulando os cavalos, mas, na pressa, puxou a rédea para o lado errado — e, quando se deram conta, a charrete dobrara à direita e galopava pelo sagrado macadame da rua do Ouvidor.

14

Fazia quarenta e seis anos que um veículo sobre rodas não entrava na Ouvidor — nenhum tílburi, cupê, caleça, vitória ou landau, nada. O máximo permitido eram os burros sem rabo, carrinhos de carga puxados por um humano e, mesmo assim, se ele limpasse os pés antes de pisar ali. As pessoas podiam circular pela Ouvidor de olhos fechados, e o único risco de atropelamento era se esbarrassem com o homem-montanha Emílio de Menezes. De repente, uma enorme charrete puxada por dois cavalos pretos disparava pela rua estreita e cheia de gente.

O próprio Emílio era um que estava atravessando distraído a rua naquele momento. Ao ouvir um alarido, virou-se a tempo apenas de ver um carro avançando sobre ele — atirou o corpanzil de lado e conseguiu evitar o choque, para benefício dos pobres animais. Outros não tiveram a mesma presteza e foram atingidos pelas laterais da carruagem. Ao se verem diante dos obstáculos, os cavalos refugavam, empinando aos relinchos e quase jogando Eduarda e padre Maximiliano para fora da charrete. Tentando desviar-se, as pessoas assustadas correram para as calçadas e algumas entraram com violência pelas vitrines — um homem espatifou a montra da Casa Edison e derrubou pilhas de discos; outro entrou voando pela janela bisotada da Perfumaria Lopes, aterrissando sobre um artístico arranjo de frascos (não se cortou muito, mas, ao chegar em casa, custou a convencer a mulher de que não tinha ido às francesas).

Mesmo desembestando pela rua errada, Corta-Beiço, já de pé na boleia, estava indo na direção certa: rumo à estação das barcas, onde ficara a lancha que poderia levá-los de volta para a Ilha do Governador. A charrete continuou avançando pela Ouvidor, espanando gente pelo caminho, e cruzou as ruas da Quitanda e do Carmo. Tudo indicava que eles iriam conseguir — até que um aglomerado humano surgiu à frente, fechando a saída da Ouvidor para a Primeiro de Março e obrigando os cavalos a parar. Era a massa que seguia Santos-Dumont: milhares de populares ensandecidos gritando "Viva o Brasil!" e só faltando carregar o visitante nos ombros até o Teatro Lírico.

Cercados, Eduarda e padre Maximiliano logo viram qual seria a única saída: descer do carro, misturar-se com a multidão e, mesmo na contramão, chegar à lancha a pé. Mas não tiveram essa chance. Os alertas policiais de Severo Pinto subiram à charrete e lhes deram voz de prisão ali mesmo.

Por infração de trânsito.

15

Dois meses depois, Bilac saboreava poeticamente o seu conhaque sem café numa mesa da Colombo. Naquela manhã, o quiproquó provocado pelo malogrado dirigível de Patrocínio tivera um *post-scriptum* inesperado: um jovem português com uma cicatriz no rosto, Nuno Varejão, filho do conde da Lagarteira, desembarcara no Rio para propor casamento a Eduarda Bandeira e levá-la de volta para Portugal. Como o generoso Patrocínio insistira em não registrar queixa contra ela, Eduarda estava livre para ir embora — respondera somente a um processo por perturbação da ordem pública, processo esse que determinado juiz admirador seu acabara mandando arquivar.

Aberto o precedente, padre Maximiliano — agora sem o apodo clerical — também se livrara do xilindró. Livrara-se igualmente da batina, mas, para surpresa de muitos, deixara de provocar *frisson* com seus novos trajes civis. Tornara-se até bastante insignificante. Eduarda fora a primeira a dispensá-lo, como cúmplice e como amante. Indômito, ele tentara reaproximar-se de *Madame* Dreyfuss, mas também ela lhe sugerira de público que fosse pentear macacos. A última notícia sobre Maximiliano era que embarcara clandestinamente, em Vitória, num cargueiro carregado de micos, maracanãs, araras e outros animais silvestres, com destino à Europa. Quanto a Rato Podre, Macumba e Corta-Beiço, não chegaram a ir tão longe: foram cumprir temporada na Casa de Detenção, onde outros presos mais antigos rasparam-lhes os peitos e as canelas antes de pedi-los em casamento.

De volta a Paris, Santos-Dumont dera um gracioso *coup-de-grâce* nas ambições de Deschamps e Valcroze. Levara consigo os planos do dirigível (recuperados na cabana da Ilha do Governador), fizera-lhes algumas correções e os publicara na revista *L'Illustration*, leitura obrigatória de todos os aeronautas franceses. Com isso, os planos, devidamente creditados a Patrocínio, eram agora de domínio público — como, aliás, também os dele.

Mas primeiro Santos-Dumont cumpriu a promessa feita meses antes a Bilac e visitou o que restara do hangar de Todos-os-Santos. Abraçado a Patrocínio, caminhou entre os alumínios retorcidos, as toras carbonizadas e as paredes enegrecidas. A ave fora abatida antes do voo, como previra *Madame* Labiche. Bilac, presente à visita, sugeriu a Patrocínio um destino final para o *Santa Cruz*: vender o que pudesse como ferro-velho e dar aos pobres os metros de seda que haviam escapado do incêndio. Patrocínio acatou a ideia e, em poucos dias, inúmeras senhoras do Engenho de Dentro usavam vestidos verdes ou amarelos.

Aos poucos, a vida voltava aos eixos no universo de Ouvidor e Gonçalves Dias. O buraco da Colombo fora finalmente tapado. O diretor do Serviço de Saúde, Oswaldo Cruz, anunciara a vacinação em massa da população. O prefeito Pereira Passos começara a construir uma bela avenida. O chefe de polícia Severo Pinto fora rebaixado a diretor de trânsito.

E Bilac convencera-se de que um poeta que já fora ao Parnaso num balão podia dispensar um *pince-nez* cheio de nove-horas.

SOBRE O ESCRITOR-PERSONAGEM

Olavo Bilac nasceu em 1865 no Rio, na esquina das ruas Uruguaiana e Sete de Setembro, a poucos metros de onde se passa a ação de *Bilac vê estrelas*. Seu pai era médico do Exército e lutou na guerra do Paraguai. Para fazer-lhe a vontade, Bilac entrou para a Faculdade de Medicina (aos quinze anos, mediante autorização especial), mas logo abandonou-a por falta de vocação. Também por falta de vocação, nunca se casou.

Sua vocação estava na poesia, na boemia e na agitação. Em 1884 publicou seus primeiros poemas em jornais e iniciou intensa atividade como cronista e articulista. Como poeta, era um escravo da beleza, mas como prosador entregou-se às campanhas republicana e abolicionista, principalmente em *A Cidade do Rio*, jornal fundado por José do Patrocínio. Lutou também como boêmio, na roda de escritores e jornalistas liderados por Patrocínio, que agitavam os cafés cariocas e formavam a opinião pública brasileira. A República foi instituída em 1889, mas três anos depois vários participantes do grupo de Patrocínio se opuseram a Floriano, o "marechal de ferro" e segundo militar a ocupar a presidência. Foram todos presos, inclusive Bilac. Com os civis finalmente no poder a partir de 1894, ele viria a representar o Brasil em diversos congressos internacionais.

Sua reputação como poeta já estava firmada desde 1888, com a publicação de Poesias, que incluía os livros *Via Láctea*, *Sarças de fogo* e *O caçador de esmeraldas*. Em 1907, um concurso da revista *Fon-Fon* elegeu-o "o príncipe dos poetas brasileiros", referendando sua impressionante popularidade. Mas só em 1917 ele publicaria outro livro de poesia, *Tarde*, dedicado a Patrocínio, morto em 1905. A escola poética que o teve como maior expoente no Brasil, o parnasianismo, foi o grande alvo da crítica dos modernistas de 1922, embora eles reconhecessem o valor de Bilac. Mário de Andrade, na época, classificou-o de "o malabarista mais genial do verso em português". E, na década de 1910, Oswald de Andrade vinha frequentemente ao Rio render-lhe homenagem.

Bilac foi antimilitarista em boa parte da vida e famoso pelo espírito galhofeiro e quase irresponsável — estava sempre disponível para brincadeiras, trotes e gozações. Ao se aproximar dos cinquenta anos, no entanto, foi-se deixando "oficializar". Em 1915, ao ver no Exército o único meio de alfabetizar e dar formação profissional aos jovens do atrasado interior do país, pregou o serviço militar obrigatório. O Exército acolheu com entusiasmo a ideia e fez de Bilac o símbolo de sua campanha. O poeta acabou se tornando sinônimo do civismo no Brasil.

Olavo Bilac morreu no Rio de Janeiro em 1918, aos cinquenta e três anos, de problemas cardíacos. Seu enterro foi acompanhado por uma multidão. Em 2000 a Confeitaria Colombo criou o "picadinho à Bilac", com champignon, passas, milho verde, banana frita e farofa de ovos.

1ª EDIÇÃO [2000] 2 reimpressões
2ª EDIÇÃO [2004] 3 reimpressões

ESTA OBRA FOI COMPOSTA PELO GRUPO DE CRIAÇÃO EM FILOSOFIA, TEVE
SEUS FILMES GERADOS PELO BUREAU 34 E FOI IMPRESSA PELA
RR DONNELLEY EM OFSETE SOBRE PAPEL PÓLEN BOLD DA SUZANO PAPEL E
CELULOSE PARA A EDITORA SCHWARCZ EM FEVEREIRO DE 2017

A marca FSC® é a garantia de que a madeira utilizada na fabricação do papel deste livro provém de florestas que foram gerenciadas de maneira ambientalmente correta, socialmente justa e economicamente viável, além de outras fontes de origem controlada.